까칠한 재석이가 성장했다

고정욱 지음

애플북스

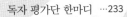

우리가 공부를 하는 이유

학생들에게 꿈이 뭐냐고 물으면 대체로 이런 대답을 합니다.

"판검사가 되고 싶어요."
"의사나 박사가 되고 싶어요."
"정치인이요!"
"대통령이요."

모두 멋진 꿈들입니다. 하지만 가만히 생각해 보면 공부를 엄청 잘해야 할 수 있는 직종들이기도 합니다. 그렇기에 부모님들이 공부, 공부 하며 자녀들 뒤를 쫓아다니는지도 모릅니다.

학생의 본분은 공부라는 말도 있습니다. 학생이라는 위치를 제대로 알고 지키려면 공부를 열심히 해야 합니다.

그러나 이 공부가 학생들을 힘들게 하고, 엄마 아빠를 고민하게 만들며, 우리 사회를 멍들게 하고 있습니다. 공교육으로는 모자라 밤늦게까지 사교육인 과외를 하고 학원을 다니며 심지어 일부 학교에서는 시험지 유출 사건 등 학습과 관련된 범죄까지 일어납니다.

이런 모든 문제가 생기는 원인은 공부를 강조하는 병적인 사회 분위기입니다. 가정불화를 일으키는 대다수 원인도 자녀의 공부라고 합니다.

그러면 요즘 학생들과 어린이들은 공부를 정말 싫어만 할까요? 그렇지 않습니다. 대부분 자발적으로 공부를 하겠다고 학교가 끝나면 부지런히 학원으로 향합니다. 눈만 뜨면 문제지를 풀고 졸음을 쫓으며 야자도 합니다. 그런데 왜 더 공부가 힘들어지기만 할까요?

저는 아이들이 이 힘든 공부를 왜 하는지 목표를 가지지 못해서라고 생각합니다. 공부는 학생들을 괴롭히거나 스트레스를 유발하는 도구가 아닙니다. 공부를 해 성과를 내기는 어렵지만 꿈을 향한 끝없는 열정이 있으면 이겨 낼 수 있습니다.

세상은 다양성이 기본입니다. 다양한 사람들이 다양한 능력을 발휘해야 건강한 사회입니다. 가만히 생각해 보면 다양한 분야에서 꿈을 이루려면 역시 공부가 필요합니다.

요리사가 되려면 자격증 시험을 봐야 합니다. 트럭 운전사가 되려면 면허 시험을 봐야 하고, 정비사가 되려면 자동차의 구조와 원리를 알아야 합니다. 공부는 이렇게 우리의 꿈과 생활에 밀접하게 연결되어 있습니다.

꿈을 가지고 노력하는 자만이 현실의 갖가지 유혹을 물리치고 공부하는 습관을 키울 수 있습니다.

나를 위해, 나를 성장시키기 위해 공부하고, 그 뒤에는 그 성장한 힘으로 주변에 이익을 나누며 이타적인 선한 영향력을 퍼뜨리세요. 그것이야말로 공부를 하는 제일 중요한 이유라고 저는 단적으로 말할 수 있습니다.

이 책은 이 땅의 노력하는 어린이 청소년을 응원합니다. 공부는 결코 인생의 전부는 아니지만 가볍게 여겨서도 안 되는 것입니다. 피할 수 없으니 즐기라는 말을 해줄 수밖에 없습니다.

끝으로 이 책의 주인공 은지가 하는 말로 글을 마무리할까 합니다.

"공부는 나에게 줄 수 있는 최고의 보약이고 선물이야."

2023년 여름 북한산 기슭에서
고정욱

전편 줄거리

말보다 주먹이 앞서고 가진 거라곤 큰 덩치와 의리뿐인 황재석. 어린 시절 겪은 가난과 아버지의 부재로 인한 결핍감으로 삐딱한 문제아가 되었으나 주변의 도움으로 환골탈태한 재석의 옆에는 항상 든든한 친구인 보담, 민성, 향금이 있다.

그러던 어느 날, 친한 준오 형의 동생인 수경이 열심히 아르바이트를 했으나 임금을 제대로 받지 못한다는 사실을 알게 된다. 수경은 실의에 빠지고, 일 때문에 바쁜 준오는 재석에게 도움을 청한다.

예전에 수경은 일진이었지만, 준오는 공부와 아르바이트로 바쁜 와중에도 하나뿐인 여동생 수경에게 헌신했고 조금씩 마음을 열어 이제는 완전히 다른 사람으로 바뀌었다. 수경은 돈 때문에 고생하는 오빠에게 도움이 되고자 아르바이트를 했다. 하지만 악덕 사장은 수경에게 두 배의 일을 시키면서도 꼬투리를 잡으며 몇 달째 임금을 주지 않았던 것.

이에 의리파 재석과 친구들이 나섰다! 불의를 참지 못하는 정의로운 마음과 그동안 쌓은 내공으로 악덕 사장에 맞서지만 냉혹하고도 불합리한 현실의 벽을 뛰어넘기가 쉽지 않다. 재석은 수경의 일로 친구들과 고군분투하는 한편, 젊은 나이에 사업으로 큰돈을 번 멘토 진석과의 대화를 통해 돈이란 무엇인지, 모든 것이 넘쳐나는 시대에도 힘든 사람은 왜 여전히 많은지 고민에 잠긴다.

새 학년 새 학기가 시작되다

　나른한 봄날이다. 어제까지는 꽃샘추위가 몰아치더니 오늘은 제법 햇볕이 따뜻해 이대로 겨울은 가고 봄이 완전히 오는 것만 같았다. 새 학년 새 학기 첫날, 각자 배정받은 학급에 들어선 아이들은 새로운 친구들과 만나 낯을 익히며 자리를 잡느라 떠들썩했다.

　"새 학기가 되었다. 방학 때 많이 느슨해졌을 거야. 하지만 다시 그 마음을 다잡아야 해. 고2라면 수험생이나 마찬가지야. 시간이 얼마 남지 않았으니 열심히 공부해야 한다. 지금 고3이 가을에 수능 보고 빠져나가면 바로 너희들 발등에 불이 떨어지는 거야."

새로 담임이 된 과학 담당 나영선 선생님이 엄하면서도 온화한 목소리로 아이들에게 새 학기 당부를 했다.

"회장은 나중에 뽑기로 하고 임시 회장은 음, 호진이가 일단 맡아라."

선생님은 이 반에 일등으로 들어온 호진이에게 회장을 맡겼다.

새 학기라 그런지 약간은 차분한 오전 수업 시간이 지나갔다. 새로 들어오는 과목 선생님들은 모두 새 학기에 각오를 다져야 한다며 한마디씩 해주거나 친절하게 한 학기 동안 어떤 것을 배우는지 담당 과목 소개를 해주었다.

이윽고 4교시가 끝나고 급식시간이 되었다.

아이들은 삼삼오오 짝을 지어 교실을 나섰다. 재석은 창가가 싫어 입구 쪽에 앉은 민성에게 다가갔다. 둘은 새 학기가 되어 고대하던 대로 같은 반이 되었다.

"야, 급식 먹으러 가자."

둘은 나란히 급식실로 가면서 이야기를 나누었다.

"재석아, 너 그 이야기 들었냐?"

"뭐?"

"새로 사서 샘이 오셨대. 샘이 대학 졸업하고 우리 학교에 처음 오신 거라네. 애들이 아이돌 닮았다면서 난리야. 그래서 오전에 쉬는 시간마다 사서 샘 얼굴 보러 간다고 정신이 없었잖아."

"자식들."

재석 역시 아이돌 닮았다는 말에 궁금증이 생기기는 했다.

"야, 우리도 사서 샘 보러 도서관에 가자."

"뭐하러 거기를 가."

"왜? 나 책도 한 권 빌려야 해. 너도 좋아하는 고청강 작가님 새로운 소설책이 나왔는데 읽어야 하지 않아? 도서관에 들여놓지 않았을까?"

"그래, 맞다. 같이 가자."

서둘러 급식을 먹은 재석과 민성은 3층에 있는 도서관으로 향했다.

그런데 3층 계단참에 평소 재수 없었던 옆 반의 현규가 있는 게 보였다. 현규가 아이들 한두 명과 함께 모여서 불온한 태도로 한 아이의 어깨를 잡고 뭔가 이야기하고 있었다.

재석은 번개같이 촉이 왔다. 괴롭힘을 당하는 현장이었다.

"너희들 뭐하나?"

재석의 활약으로 불량서클 스톤이 해체된 후 오랫동안 학교는 평온한 분위기를 유지하고 있었다. 그런데 얼마 지나지 않아 이렇게 다시 껄렁한 아이들 몇 명이 모여서 독버섯처럼 새롭게 뭔가를 만들려고 하는 느낌이었다. 재석과 민성이 버티고 있기에 대놓고 모의는 못 하지만 학급마다 은근슬쩍 소소한 괴롭힘이 이루어지는 것 같았다.

"아, 별거 아냐."

주먹으로는 재석의 상대가 안 되는 현규가 불량스러운 눈빛을 보내며 자리를 피했다. 마치 수사자 앞에서 꼬리를 사리며 도망치는 하이에나 같았다.

"너네도 교실로 가라."

재석은 구경하던 아이들에게도 매서운 눈길을 보냈다.

"볼 거 없으니 얼른 자기 반으로 돌아들 가."

현규와 구경하던 아이들이 다 사라진 자리에는 기죽은 얼굴의 민석만 남았다.

"재석아, 고…… 고마워."

이유는 모르지만 그대로 됐으면 무슨 일이 있었을 게 불 보듯 뻔했다. 과거 스톤의 뒤를 봐주던 쌍날파 역시 부라퀴가 경찰과 손을 잡고 제거했는데도 아직 잔당이 남아 학교에 손을 뻗치고 있다고 했다.

"너도 정신 단단히 차리고 다녀."

재석은 민석에게 한마디를 하고 3층 계단을 다 올라 복도로 꺾어졌다.

순간 재석과 민성은 입을 딱 벌렸다. 아이들이 복도까지 바글바글 몰려 도서관 창문 너머로 선생님을 넋 놓고 구경하는 것이었다.

"뭐야, 이게 다 무슨 난리야."

재석과 민성은 아이들 사이를 비집고 들어가 어깨너머로 안을 들여다보았다. 새로 온 사서 선생님이 환한 미소를 띠고 아이들을 상대하고 있었다.

"저 사서 샘, 당분간 힘드시겠다."

"그러게 말이야. 야, 너희는 여기에 왜 왔냐?"

아는 아이들을 보고 재석이 물었다.

"사서 샘 보러 왔지. 보고도 모르냐?"

재석은 혀를 끌끌 찼다.

"야, 이거 책하고는 거리가 먼 놈들만 잔뜩 왔네."

"내 말이⋯⋯."

재석은 도서관에 들어가는 것을 포기했다. 이렇게 애들이 많아서야 들어가 원하는 책을 제대로 볼 수조차 없기 때문이었다.

"교실로 돌아가자. 시간이 좀 지나야 책을 차분히 볼 수 있을 것 같네. 새로 사서 샘 오셔서 신간 구입도 잘 안 됐을

테고."

"그러자. 고청강 작가님 새 책이 있는지 알아보고 없으면 신청도 해야 할 것 같으니."

학교에서는 '수서'라고 해서 일반적으로 학생들이 학기 초에 원하는 책을 신청하면 모아서 들여오기도 한다.

"나도 몇 개 골라 놓았어."

민성은 촬영기법을 공부하려고 전문적인 카메라 이론 책이나 비디오 촬영기법 서적들을 많이 읽었다. 이 책들은 비싸기 때문에 주로 도서관에서 빌려서 보았다. 어차피 다른 아이들은 별로 대출하지 않아 마음껏 자기 책처럼 활용할 수 있었다.

재석도 도서관에서 책을 많이 빌려 읽었다. 소설가를 꿈꾸기 때문에 소설창작론이라든가 글쓰기 책들을 주로 봤다. 지난해 고청강 작가의 《나의 하루가 글이 된다면》을 읽고 확실히 글을 쓰는 실력이 향상되었다.

재석은 더 나아가 글쓰기 연습을 하기 위해 엽서시 같은 각종 공모전 앱을 스마트폰에 깔아 놓고 기회가 닿을 때마다 응모했다. 하지만 경쟁률이 엄청나 입선에 들기도 어려웠다.

"요즘 경기가 안 좋아서인지 공모전들마다 사람들이 엄청나게 몰려든대."

"그렇겠지."

"상금이 고액일수록 더 사람이 꼬여."

"대략 상금이 얼마 정도냐?"

"문화상품권 몇십만 원 주는 것부터 오백만 원, 삼백만 원 되는 것까지 있는데 경쟁률이 몇백 대 일이야."

"와! 굉장하다."

재석이 최근에 올린 성과는 모 재벌기업 회장의 자서전을 읽고 독후감을 제출하는 대회에서 1차 통과한 것뿐이었다.

"계속 공부하고 도전해야지. 이 세상에 불가능은 없으니까."

"나도 영상 공모전에 계속 도전할 거야."

두 아이는 각오를 다지면서 교실로 터벅터벅 걸어갔다. 2층에 다다랐을 때였다.

"재석아아!"

누군가가 재석을 불렀다. 재석이 고개를 돌리니 깨끗한 새 교복을 입은 기명이 보였다.

"어, 형!"

가슴에는 1학년임을 알려 주는 붉은 이름표가 붙어 있었다.

기명, 복교 떡을 전교에 나누어 주다

"재석아, 잘 만났다아. 지금 현관으로 나가자아."

"왜?"

"따라와 봐아. 할 일 있어어."

재석과 민성은 난데없이 나타난 기명에게 붙잡혀 중앙 현관으로 나갔다. 그곳에는 승합차가 한 대 서 있었다. 기명과 재석, 민성을 보자 차에서 반가운 얼굴의 아저씨가 내렸다.

"재석이구나, 오랜만이다."

"어, 아저씨. 어쩐 일이세요?"

기명이의 아버지인 파라다이스떡집 남 사장이었다.

"떡 좀 나눠 주려고 왔잖니."

"떡이요?"

승합차 뒷문을 열자 뜨끈뜨끈한 떡이 상자에 담겨 잔뜩 쌓인 게 보였다.

"이거 교무실과 각 반으로 좀 날라 다오."

상자에는 학년과 반이 다 적혀 있었다. 그중 하나에는 교무실이라고 쓰여 있었다.

"네, 이리 주세요."

얼떨결에 재석은 기명을 도와 떡 상자를 승합차에서 내렸다. 발 빠른 민성은 재빨리 택배 받을 때 쓰는 카트를 교무실에서 가져왔다. 아이들은 카트 위에 떡 상자를 차곡차곡 쌓았다.

"자, 그럼 나는 간다. 오늘 주문이 많아서 바쁘다."

차가 운동장을 빠져나가자 재석이 물었다.

"기명이 형, 이게 어떻게 된 일이야?"

"응, 내가 복교했잖니이. 그래서 감사의 뜻으로 전교에 떡을 돌리는 거야아."

"그냥 급식실로 가져가면 되잖아?"

"그러면 애들이 누가 주었는지도 모르니까 각 반에 직접 나눠 줄 거야아."

점심시간이 얼마 남지 않았기에 재석과 민성은 서둘러 움직였다. 아예 담임에게 양해를 구하고 셋은 각 교실로 떡을 배달했다.

떡을 돌리면서 기명과 재석은 대화를 나누었다.

"복교한다고 이렇게 떡까지 돌릴 필요가 있어?"

"아니야, 아버지가 꼭 돌리래에. 인사 떡이야. 나 앞으로 열심히 공부하래에."

말끝을 길게 끄는 여전한 말투로 기명이 그간의 과정을 설명했다.

기명과 은지는 결혼하고 아기를 낳았다. 아기와 아내가 생기자 기명은 가업을 잇기 위해 떡집에서 열심히 일했다. 가장이 되고 나니 책임감이 온몸을 짓누른 것이다. 은지도 몸이 어느 정도 회복되자 떡집에 나와 일을 도왔다.

그렇게 몇 개월째 일했는데 어느 날 아버지가 자신과 은지를 불러 앉혀놓고 이야기를 했다고 한다.

"너희들, 떡집에서 일해 보니까 어떠냐?"

"저는 재미있어요."

은지가 웃으면서 말했지만 기명은 솔직히 지겹고 힘들었다. 어려서부터 떡집 일을 도왔기 때문에 크게 재미도 없었다. 하지만 아빠가 되고 나니 할 수 없이 참고 하는 거였다.

"새벽마다 일찍 일어나서 떡 만드는 게 힘들지? 모든 부모가 다 이렇게 애쓰며 자식새끼 공부시키고 먹여 살리는 거야. 그래, 일 좀 해보니 어때? 이거 평생 할 수 있겠냐?"

"……."

기명과 은지는 둘 다 대답하지 않았다. 아니, 대답할 수가 없었다. 죽을 때까지 이 일을 해야 한다니, 막막하기만 했다.

남 사장은 기명과 은지의 마음을 이해한다는 듯 고개를 끄덕이며 말했다.

"아빠 엄마는 배운 게 없고 다른 건 할 줄 아는 게 없어서 평생 이 떡집 일을 했지만 너희는 좀 더 머리를 쓰면서 살아야지."

"머, 머리요?"

"그래. 옆에 있는 나성떡집을 봐라. 전국에 떡을 공급하지 않니? 옛날에 너희 할머니한테 와서 떡 만드는 법을 배워 갔던 집인데 이제는 우리가 따라갈 수 없을 정도로 크게 사업하는 집이 되었어."

"아버님, 너무 억울해요. 아버님도 잘하실 수 있는데."

은지가 속상해하며 말하자 남 사장이 고개를 저었다.

"아니야. 그 집 사장은 대학에서 경영학까지 전공하고는 떡집을 운영해. 나는 오로지 떡만 잘 만들면 된다고 생각했지. 사람은 다양한 방법으로 돈을 버는데, 나는 몸으로 버는 걸로만 착각한 거란다. 떡 만드는 노하우는 우리도 많이 가지고 있어. 너희 할머니가 돌아가시기 전에 수십 가지 떡 만드는 비법을 알려 주셨다. 문제는 이 떡을 전국으로 알리고 사업으로 크게 키우는 거다."

떡집을 크게 키운다는 말에 기명은 어린 시절의 트라우마가 떠올랐다. 기명이 주먹을 쓰고 불량서클에 들어갔던 것도 아버지가 하기 싫은 떡집 일을 하라고 했기 때문이었다. 아버지에게 반항하다 일진까지 되었다.

"그래서 나는 지금 후회한다, 너에게 공부 그렇게 하기 싫어하고 안 할 거면 떡집이나 물려받으라고 윽박질렀던 걸. 그때 조금 더 너를 믿고 지지해 주어야 했는데. 지금 이렇게 일을 해보니까 너희들도 알았을 거다, 사람은 공부를 해야 해."

"공, 공부요오?"

공부라는 말이 나오자 은지와 기명은 고개를 숙였다.

"공부에 늦은 때란 없단다."

남 사장은 본인이 공부하지 못해서 겪었던 설움을 말해 주었다. 그냥 들었으면 잔소리였을 말을 몇 달 떡집에서 힘들게 일한 뒤 들으니 다 자기가 앞으로 겪어야 하는 일처럼 느껴졌다. 공부와 거리가 멀었던 기명과 은지는 쥐구멍이라도 있으면 숨고 싶은 심정이었다.

"너희들 학교로 복교해라."

"복교요? 저희가요? 그…… 그게 가능할까요?"

기명과 은지는 서로를 마주 보았다. 그야말로 폭탄선언이었기 때문이다. 공부는 진즉에 포기했는데…….

"저희…… 학교에서 잘렸는데요오."

절망적인 얼굴로 기명이 대답했다.

"잘리지 않았어."

"네?"

"담임 선생님에게 전화해 봐라. 잘렸나 안 잘렸나."

다음 날 기명은 떨리는 마음으로 학교 다닐 때 마지막 담임이었던 미친개 선생님에게 전화를 걸었다.

"선생님, 저 기명입니다아."

"누구?"

"남기명입니다아. 학교 다니다 사고치고 그만두었던……."

"아아, 기명이. 그래, 오랜만이다. 어쩐 일이냐? 아빠 되었다고 들었는데."

"네, 맞아요오."

"이제 진짜 어른이 되었구나. 철 좀 들었겠다. 그래, 무슨 일이야?"

"저희 아빠가 학교로 돌아가라고 하는데요오."

"너 돌아와 또 애들 괴롭히고 불량서클이나 만들고 그러려고?"

"아, 아니에요. 선생님, 이제 그런 거 안 해요오. 저 장가도 갔는데요오."

"하하하! 농담이다. 이제는 아빠도 되었는데 애들 두들겨 팰 리는 없겠지."

"그런데 선생님, 저 학교에서 잘린 거잖아요오. 어떻게 학교 다녀요오?"

"이 녀석아, 그때 너희 아버지가 학교에 와서 사정하셨어. 제발 자퇴로 처리해 달라고. 아버님을 봐서 학교에서 처벌 수위를 낮췄다. 복교는 가능해. 단 1학년으로 들어와야 한다."

"1학년이요오?"

"교칙이 그래. 들어올래?"

기명은 잠시 망설였다. 1학년이라면 2년이나 어린 후배들과 학교를 다녀야 하는 거였다. 하지만 이왕 복교하려면 1학년부터 새로운 마음으로 공부를 시작하는 것도 나쁘지 않을 것 같았다.

"예, 등록할게요오."

"그러면 학교로 와라."

그렇게 해서 기명은 결국 학교에 돌아왔고 이렇게 떡을 돌리면서 잘 부탁한다고 전교생에게 인사를 하는 거였다.

학교 아이들은 기명이 돌리는 떡을 받아들고는 조심스럽게 숙덕댔다.

"남기명 형 1학년으로 복교한 거구나. 그때 학교에서 잘린 거 아니었어?"

"그러게, 그냥 자퇴한 건가 봐."

"야, 기명이 형 옛날에 학교 짱이었잖아. 그때 대단했는데."

"와, 결혼해서 아기도 있다더라."

하나씩 자기들이 아는 걸 말하며 아이들은 떡을 맛있게 먹었다. 기명은 전교의 아이들에게 얼굴 도장을 찍었기에 이제 정말 모범생이 되어야겠다고 다짐했다. 머리에 든 게 없어 공부를 어떻게 다시 시작해야 할지 잘 모르겠다는 게 가장 큰 문제였지만 말이다.

사실 중학교 때까지만 해도 기명 역시 공부를 잘해 보려 했던 학생이었다. 이 세상에 자기의 인생을 망치고 싶은 사람은 한 명도 없기 때문이다. 그러나 고등학교에 와서는 완전히 학습 쪽은 쳐다보지도 않았고 그렇게 몇 년을 지냈기 때문에 어떻게 공부해야 하는지조차 까먹은 상태였다. 의욕은 앞서지만 시험을 잘 봐서 성적을 올리는 건 마음만 급한 일이었다.

기명은 다른 아이들의 공부법을 따라서 해보려 했다. 옆자리의 짝은 영어 단어를 공책에 많이 써가면서 외우는 것 아닌가.

"이렇게 공부하면 잘 외워지냐아? 뭐 비법 같은 거야아?"

"비법은 무슨 비법. 그냥 나는 손으로 써서 외워야 오래 남더라고요."

"야, 같은 반 학생끼리 무슨 존댓말이야아. 그냥 반말로 해에. 근데 이것도 좋은 방법 같다아."

기명은 얼른 아직 아무것도 적혀 있지 않아 새하얀 연습장을 꺼냈다. 그러고는 바로 전 시간인 영어 시간에 배운 단어들을 연습장에 적으며 외웠다.

공부가 제법 되는 것 같았다. 하지만 시간이 흐르면 앞에서 외운 단어가 기억나지 않았다. 정말 열심히 외운다고 외웠는데도 열 개를 외우면 한두 개만 기억 나, 답답한 마음에 자기 머리를 치기도 했다.

다음 날, 그래도 영어 공부 하면 단어 외우기가 기본이기에 아예 교과서 단어장 책을 사서 통째로 외우기 시작했다. 그러나 이 역시도 외울 때는 잘 기억했지만 진도를 나가면서 앞에서 외운 단어가 생각나지 않았다.

'아, 나는 머리 자체가 나쁜 거야. 공부해 봐야 안 될 것 같아.'

우리나라 말이 아닌 외국어는 실생활에서 자주 활용할 수 없기에 자꾸 까먹는 게 당연했다. 한 번 외운 영어 단어를 단기 기억에서 장기 기억으로 바꾸기 위해서는 반복이 가장 좋은 방법인데 기명은 그저 자기 머리가 나쁘다고 생각하고는 지레 자포자기한 것이다.

며칠 뒤, 기명은 복도를 지나다 재석과 마주쳤다. 재석이 웃으며 인사를 했지만 기명은 울상을 하고 쳐다보기만 했다.

"뭐야, 무슨 일 있어? 왜 그렇게 얼굴이 안 좋아?"

"일은 무슨 일. 그냥 공부가 너무 힘들다아."

기명의 기죽은 모습을 보고 재석이 위로하듯 기명의 어깨를 두드리며 말했다.

"형, 솔직히 어렵기는 하지만 공부도 하다 보면 늘어. 왜, 싸움도 많이 하면 늘잖아? 힘들어도 조금 더 참고 해 봐."

"그래, 재석아. 고맙다아. 나는 그렇게 생각하는 네가 부럽다아."

"아니야, 형. 나도 아직 멀었어. 그래도 내가 도와줄게."

옆에서 이야기를 듣던 민성도 거들었다.

"나도 도울게."

"그래, 고맙다아. 너희들 덕분에 내가 공부해서 효도 좀 하자아."

기명은 더 이상 얼빠져서 주먹 자랑만 하던 그 철부지 고교생이 아니었다.

"우리 하늘이가 쑥쑥 자라는데 아빠는 지금 내세울 게 없잖니이? 고등학교 중퇴, 중졸로 끝날 뻔했는데 우리 애가 학교 들어갈 때쯤이면 내가 대학은 졸업해야지이."

"형, 할 수 있어. 이 세상에 불가능은 없다고."

재석은 기명의 등을 두들겼다. 마치 깨달음을 먼저 얻은 선배가 후배를 다독이는 것만 같았다.

어린 부부, 부부싸움을 하다

"재석아, 미안해, 수강생들이 자꾸 질문을 해서."

엄마가 강의실에서 문을 열고 밖에 있는 재석에게 말했다.

"괜찮아요, 엄마. 나 지금 원고 쓰고 있으니까."

토요일, 재석은 엄마의 가게인 울재석에 나와 공부를 했다. 집에 있으면 자꾸 스마트폰이 보고 싶은데 이렇게 나와 있으면 오히려 집중이 잘되었다. 책도 더 잘 읽히고 원고도 술술 써지는 것 같았다.

엄마 역시 재석과 함께 있는 것을 좋아했다. 토요일 뜨개질 강의를 끝내고 마치 데이트처럼 재석과 함께 맛있는 것을 먹으며 이야기를 나누고 집으로 돌아가는 것이 가장 큰 낙이기 때문이다.

뜨개질 강의가 끝나는 시간은 오후 다섯 시였다. 그런데 오늘은 시간을 넘겨서 강의가 이어지고 있었다.

그때 갑자기 전화가 왔다며 스마트폰의 진동이 울렸다. 보담이었다. 웬만하면 문자와 톡으로 연락을 주고받는데, 이렇게 바로 전화를 건다는 건 무슨 일이 있다는 이야기였다.

"어쩐 일이야?"

보담이 급한 목소리로 다짜고짜 말했다.

"재석아, 지금 은지가 계속 울고 있어. 빨리 좀 와 줘."

"왜? 무슨 일이래?"

"기명 오빠랑 대판 싸웠대."

"아기는?"

"아기도 그냥 놔두고 나왔대. 집에 안 돌아간대."

"이런! 너희들 어디야?"

"우리 지금 런던베이커리에 있어."

재석은 서둘러 가방을 쌌다. 그러고는 조심스럽게 엄마가 강의를 하는 안쪽 공간의 문을 열고 말했다.

"엄마, 애들이 급한 일 있다고 보재요. 오늘은 먼저 갈게요."

"그래, 뭐 안 좋은 일은 아니지?"

"아니에요. 보담이랑 향금이 만나는 거예요."

"호호! 아드님이 여자 친구도 있고, 좋겠어요, 원장님."

수업을 듣던 어머니들이 재석을 보고 웃었다.

"알겠어, 빨리 가 봐."

엄마는 멋쩍어하며 어서 가라고 손짓했다.

재석은 황급히 런던베이커리로 향했다. 베이커리에 들어가
보니 은지는 여전히 울고 있었다. 재석이 전화를 받은 후 여
기에 올 때까지도 계속 울었다면 생각보다 좀 심각한 사건인
듯했다.

연락을 받았는지 민성도 거의 동시에 뛰어 들어왔다.

"다행히 빨리 와 줬네, 어서 와."

"아직도 울고 있는 거야? 대체 왜 싸웠대?"

향금이 설명했다.

"기명이 오빠가 공부는 안 하고 낮잠만 자 가지고 싫은 소
리를 했대."

민성이 은지를 보고 어깨를 들썩였다.

"야, 그 공부 안 하던 사람이 갑자기 각 잡고 계속 공부하는
게 되겠나?"

"재석아, 너도 공부 열심히 해. 학교 다니는 거에 감사하고."

보담이 불쑥 재석에게 화살을 돌렸다. 지은 죄도 없이 재석이 뜨끔했다.

"그게 무슨 소리야? 내가 뭘 어쨌다고. 지금 기명이 형이랑 은지 문제로 모인 거잖아."

보담이 심각한 얼굴로 말했다.

"기명 오빠는 복교했는데 은지는 못 했대."

순간 정적이 흘렀다. 기명이 분명 은지도 같이 공부한다고 했기 때문이었다. 그래서 당연히 둘 다 1학년으로 복교한 줄 알았다.

은지가 울먹이며 말했다.

"나는 기명이 오빠처럼 자퇴가 아니라 학교에서 짤린 거야. 아기 낳았다고 잘렸어. 그래서 안 된대. 학교 역사상 아기 엄마가 다시 복교한 적은 없다고. 흑흑!"

할 말이 없었다. 과거의 교칙이 바뀌지 않았던 거다.

"뭐 그런 교칙이 있냐? 공부하고 싶은 사람은 다 하게 해줘야지. 그러면 어떻게 하려고?"

민성이 진짜 걱정스럽다는 듯 물었다. 은지는 계속 울먹였다.

"나는 고등학교 졸업장도 받지 못할 운명인가 봐. 흑흑! 기명 오빠는 다시 학교에 다니게 된 것만도 감지덕지하면서 열심히 노력해야지. 그런데 감사는커녕 게으름만 피우고 있으니, 내가 얼마나 속이 상하겠어?"

재석은 어떻게 위로의 말을 해야 할지 몰라 열심히 머리를 굴렸다.

"그래도 너는 검정고시 보면 되지 않을까?"

"그건 학교 다니는 게 아니잖아. 엉엉!"

보담이 재석에게 눈치를 주며 말했다.

"은지는 다시 교복 입고 학교에 가고 싶은 거야. 그런데 검정고시가 눈에 들어와?"

재석은 이왕 이렇게 되었으니 학교는 못 가더라도 학원을 다니며 공부해 검정고시를 보는 것도 좋지 않을까 생각했지만, 은지의 바람은 달랐던 것 같다.

복교를 못 한다는 걸 안 은지는 어쩔 수 없는 현실을 받아들이고 시부모에게 열심히 아기 키우고 살림을 하겠노라고 선언했다. 시부모는 나중에 꼭 검정고시를 봐서 대학을 가라고 위로했으나 은지는 씩씩한 척 웹디자인을 배워서 바로 취업할 생각이라고 말했다.

시부모에게는 웃으며 말했지만 은지의 가슴은 이미 찢어져 있었다. 남들처럼 고등학교를 다니고 싶었기 때문이었다.

"아, 그랬구나."

재석은 모든 것이 이해되었다. 은지는 학교를 다닐 수 없자

스트레스가 쌓였고 남편이라도 학교생활을 충실히 하기를 바랐을 것이다. 그런데 기명이 성실하지 못한 태도를 보이자 실망해서 말다툼을 했고 결국 쌓였던 스트레스가 터진 게 분명했다.

"그래서 가출했단 말이야? 아기는 어떡하고?"

"아까 전화가 계속 왔는데 은지가 스마트폰 전원을 꺼버렸어. 어떡하면 좋지?"

향금이 먹통이 된 스마트폰을 바라보며 난감해했다.

"오빠는 공부를 안 하고, 나는 하고 싶어도 학교에 돌아갈 수 없고. 세상은 왜 이렇게 불공평한 거야?"

흐느끼며 앞뒤가 연결되지 않는 넋두리를 늘어놓는 은지의 이야기를 듣다가 재석은 밖으로 나갔다. 재석은 기명에게 전화를 걸었다.

"형, 어떻게 된 거야? 은지가 보담이랑 향금이를 만나서 계속 울고 있어."

"휴, 다행이야아. 집에서 지금 다 걱정들 하고 계셨어어. 너희들 만났다니 그나마 안심이야아."

"왜 우는지 물어보고 위로해 줘야지."

"몰라. 은지가 복교가 안 돼서 그러면 검정고시나 준비하라고 그랬더니 저렇게 뻗대고만 있어. 나도 죽겠다고오."

"집에 안 들어간다잖아."

"너네 거기 어딘데에?"

"런던베이커리."

"아이 참, 내가 가면 또 말 안 들을 거 아니야아?"

"그래도 빨리 와서 데려가. 남편이 자기 짝 챙겨야 하잖아."

"알았어어."

기명이 주섬주섬 옷을 입는 듯한 소리가 들리자 통화를 마치고 재석은 다시 베이커리 안으로 들어갔다. 갑자기 자신의 어린 시절이 생각났다.

"은지야, 너 이대로 정말 집을 나간다고? 하늘이가 불쌍하지도 않아? 하늘이에게 엄마 아빠가 이혼해서 따로 사는 모습을 보여 줄 거야?"

"하늘이 얘기는 하지도 마. 엉엉엉!"

아기가 걱정되는지 다시 은지가 펑펑 울었다. 엄마는 엄마인 것 같았다.

"내가 어렸을 때 아빠하고 엄마가 나를 할머니 집에 맡겨 놓은 적이 있었거든. 그때 쌓였던 트라우마가 지금까지도 내 가슴을 짓눌러. 그다음에 아빠 일찍 돌아가시고 엄마 혼자 날 기르는데 엄마한테 못되게 군 걸 생각하면 엄청 후회가 된다. 너 나중에 하늘이가 나처럼 문제 일으키면……."

"됐어!"

은지가 앙칼지게 말을 끊었다. 하지만 재석은 계속 말을 이었다.

"지금 이렇게 기명이 형하고 싸우고 성질부리는 게 능사가 아니야."

"몰라, 몰라. 난 이제 더 이상은 못 살아. 이혼할 거야."

그러자 보담이 은지의 등을 철썩 때렸다.

"야, 이혼이란 말 함부로 하는 거 아니야."

보담이도 부모의 사이가 좋지 않았던 상처가 있었기 때문에 예민하게 반응했다.

난감한 상황이었다. 은지가 학교로 돌아갈 수 없다는 것도 난감했지만 지금 이렇게 다짜고짜 이혼하겠다, 헤어지겠다는 얘기를 너무 쉽게 하는 것이 옳지 않았기 때문이었다.

잠시 후 런던베이커리의 자동문이 열리더니 기명이 부모와 함께 들어왔다.

"아버지 오셨어어."

은지는 황급히 눈물을 닦고 고개를 숙였다. 남 사장은 헛기침을 두어 번 하고 아이들에게 말했다.

"얘들아, 은지 잘 지켜 줘서 고맙다. 얘기는 대강 들었겠지?

은지가 지금 마음이 상당히 안 좋단다. 잘 붙잡아 주어서 고맙다. 은지야, 집으로 가자. 하늘이가 울고 있다."

"아버님, 죄송해요."

"내가 기명이 놈을 따끔하게 혼냈다. 인간이 되려면 책임감을 가지고 아비로서 노력하라고 했는데 이 사달을 만들다니. 내가 다시는 이런 일 없도록 하고 열심히 공부하게 만들게."

"네, 아버님."

흐느끼면서 은지는 기명과 시아버지, 시어머니와 함께 런던베이커리를 나갔다.

은지네 식구가 사라지자 네 아이는 기가 다 빠렸다는 듯이 동시에 자리에 털썩 주저앉았다.

민성이 한마디했다.

"나이가 많건 적건 부부가 되면 싸우나 봐."

"그러게 말이야. 싸울 거면 왜 결혼하지?"

아이들은 각자 자기 앞에 있는 음료수를 벌컥벌컥 마셨다.

보담이에게 도움을 요청하다

김태호 선생의 국어 수업 시간. 재석이 모처럼 날카로운 질문을 던졌다.

"선생님, 문학은 이론적으로 잘 쓴 작품이 좋은 겁니까? 무조건 재밌게 읽히는 게 좋은 겁니까?"

김태호 선생은 흥미롭다는 표정으로 재석을 바라보았다.

"좋은 질문이다. 대학생 수준의 질문이네. 작가마다 성향이 다르기는 한데 그것에 대해 누가 쓴 게 있단다. 선생님이 USB를 문예부실에 놓아 두었는데 그거 가져와 볼래?"

"지금요?"

"응. 가져오면 너희들에게 보여 줄게. 평론가 두 사람이 논쟁을 벌였는데 인터넷에는 없고 내가 워크숍 갔을 때 받은 발표문을 사진으로 찍은 게 USB에 있어."

"네, 다녀오겠습니다."

재석은 교실을 나섰다. 수업 중에 조용한 복도로 나서니 제법 고즈넉한 기분이 들었다.

문예부실에 가려면 1학년 교실 복도를 지나가야 했다. 1학년 2반 앞에서 재석은 잠시 멈추어 섰다. 기명의 반이다.

"이 인간이 공부를 열심히 하나?"

키 큰 재석은 교실 유리창 안을 들여다보았다. 키 작은 영어 선생님이 열심히 칠판 앞에서 영어 비디오를 보여 주며 수업하고 있었다. 그런데 맨 뒤에 앉은 기명은 책상에 엎드려 세상모르고 자고 있는 것이 아닌가.

"저런!"

재석은 순간 충격을 먹었다. 굳은 결심을 하고 학교에 돌아와 공부하는 입장인데 수업 시간에 저렇게 잠을 자다니…….
게다가 은지는 복교도 못 해 좌절하고 슬퍼하는 상황 아닌가.

은지의 가출 사건 이후 기명을 다시 만났는데 그때 기명은 자신의 어려움을 재석에게 털어놓으며 한탄했다.

"재석아아, 나는 책상에 앉아 공부하는 게 그렇게 좀이 막 쑤시고 답답하다아."

"형, 그건 누구나 그래. 다 참고 집중력을 길러서 버티는 거야."

솔직히 책상에 앉아 딱딱한 지식을 받아들이는 것이 즐거운 사람은 별로 없다.

"형, 우리가 재미없는 수업을 참고 들어야 하는 이유가 있어. 그 수업 내용을 혼자 공부하려면 다섯 시간 이상이 걸린대. 하지만 선생님이 풀어서 지도해 주기 때문에 한 시간 안에 알 수 있는 거야."

기명은 고개를 끄덕였다.

"하지만 나는 직접 체득하는 게 빨라아. 그래서 운동이 좋은가 봐아. 합기도나 태권도 사범님들은 직접 시범을 보여 주고 될 때까지 지도해 주잖아아. 나는 금세 따라 하고……. 공부도 그러면 좋겠는데 그렇지 않으니 재미가 없어."

전형적으로 기명은 몸으로 배우는 게 빠른 타입이었다. 실제적인 걸 좋아하는 기명에게 책상에 앉아서 손과 눈만 움직이는 공부는 답답할 뿐이었다.

"형은 그럼 과학 실험이나 체육, 음악, 미술 이런 거 좋아하는 거지?"

"응, 맞아아. 교실에서 하는 공부도 직접 뭔가 해보면서 하면 더 이해가 빠를 것 같아아. 예를 들면 수학 시간에도 어려운 문제만 풀지 말고, 피자라도 한 판 잘라 먹으면서 분수를 알게 하면 좋잖아아? 히히."

기명의 생각도 참신했다. 하지만 현실에서는 불가능한 이야기가 아닌가.

"그래, 그러면 더 재미있겠지. 하지만 현실은 그렇지 못하니까 참을성과 인내심, 집중력을 길러야 해. 스스로에게 보상을 해줘도 좋고."

칭찬은 고래도 춤추게 한다고 했다. 십 분 집중에서 십오 분, 이십 분으로 계속 시간을 늘려가며 참아내게 하고 성공하면 자신에게 칭찬과 함께 보상을 해주는 방식이 맞는 사람도 있다.

"스스로에게 보상을 주라고오? 아, 한 시간 공부하면 한 시간 게임하는 거어?"

"뭐 그런 식이지. 하지만 게임이 공부와 같은 비중이면 좀 심하네. 한 시간 공부하고, 휴식은 십 분 정도?"

"그래. 아무튼 나도 집중력을 늘려 볼게에. 어쨌든 해야지, 뭐어."

기명과 공부에 대해 이야기를 나누며 재석도 새로운 깨달음을 얻었다. 뭐든 일단 부딪혀 해보는 것이다. 글을 쓰는 작가가 되고 싶다는 꿈을 더 현실화하기 위해 직접 출판사나 인쇄소 같은 곳을 가보는 것도 좋겠다는 생각이 들었다.

"안 되겠네."

그렇게 진지하게 공부에 대해 논의하던 기명이 수업 시간에 잠을 자다니. 마음을 굳게 먹어도 공부는 정말 힘든 일인 것 같았다.

재석은 일단 심부름을 완수하기 위해 USB를 가지고 교실로 돌아갔다. 수업 시간 내내 재석은 기명이 걱정되었다. 쉬는 시간이 되자 재석은 민성에게 넌지시 말했다.

"기명이 형은 여전히 공부를 안 하는 것 같던데."

"어떻게 알아?"

"내가 아까 USB 가지러 갔다가 봤더니 책상에 엎어져 푹 자고 있더라."

"한번 가볼까?"

"그래. 수업 시간에 푹 잤으니 지금은 분명 활기차게 나대고 있을걸."

"아니면 애들 군기나 잡고 있겠지. 흐흐."

고등학교의 쉬는 시간은 전쟁이다. 으르렁대는 야수들을

비좁은 공간에 욱여넣은 느낌이다.

둘은 기명의 반으로 갔다. 1학년 아이들이 복도에 바글바글했다. 그러다 재석을 보자 모두 비실비실 비켜 주었다. 2반을 들여다보았다. 기명은 창가 자리에 앉았는데 그 부근 1미터 반경으로 아무도 없었다. 처음 복교해 인사했을 때의 좋았던 분위기와는 달리 1학년 아이들이 기명의 과거 활약상을 선배들에게 들으면 들을수록 무서워하면서 제대로 친해지지 못하고 있는 듯했다.

재석과 민성을 보자 기명은 반가워하며 복도로 나왔다.

"나 보러 왔냐아?"

재석은 쓸쓸한 얼굴로 말했다.

"공부 열심히 하나 보러 왔지."

"야, 안 하던 공부가 되겠냐아? 수업 시간만 되면 왜 이렇게 졸린지 모르겠다아."

기명이 하품을 찢어지게 하자 민성이 물었다.

"혹시 새벽에 떡집에서 일하고 오는 거야?"

"아니, 아버지가 아예 가게 일에서 손 떼라고 했다아."

"그러면 더 열심히 해야지. 아까 보니까 잠자고 있더구만."

"어휴, 선생님 말소리가 자장가로만 들린다아. 아버지가 학원에도 다니라고 하는데 어째야 할지 정말 모르겠다아. 학원에서도 학교에서처럼 잠만 자면 큰일인데에."

기명과 재석이 이야기하는데 1학년 아이들이 눈치를 보면서 지나다녔다. 기명은 멋쩍은 듯 머리를 긁었다. 기명은 복교할 때 각서까지 썼기에 후배들을 상대로 사고를 칠 수 없었다. 그래도 아이들은 기명을 경계했다.

재석은 반에서도 겉도는 기명을 이대로 두어서는 안 되겠다고 생각했다. 공부 하면 역시 전교 일등을 놓치지 않는 보담이 가장 먼저 떠올랐다. 재석은 보담에게 문자를 보냈다.

> 보담아, 기명이 형이 자기는
> 공부가 영 아니라는데 어쩌면 좋냐?

기다렸다는 듯 보담의 답장이 바로 왔다.

> 처음에는 집중하기 힘든 게 당연해.
> 공부는 습관이 절반 이상이거든.
> 왜 다시 공부를 시작했는지 생각하면서
> 일단 집중력을 길러 보라고 해.

"그렇구나."

재석은 고개를 끄덕였다.

공부를 해본 적이 없는 애들을 무조건 학교와 학원에 보내서 공부하라고만 하는 건 마치 빈 컴퓨터만 사다 주고 작업하라는 것이나 마찬가지였다. 컴퓨터가 작동하려면 적절한 소프트웨어가 있어야 하는 법이다.

> 우리가 기명이 형 좀 도와줘야 할 텐데.

> 안 그래도 어떻게 도와줄까 생각 중.
> 이번 주말에 한 번 만나는 게 어떨까?

> 그거 괜찮네.
> 우리 엄마 공방에서 만나자.

그날 재석은 다시 1학년 교실로 가서 기명에게 말했다.
"토요일 날 우리 엄마 가게로 와."
"어머니 가게 옮기셨다며어?"
"응, 불광천 옆이야. 와서 점심 먹고 공부를 어떻게 하면 좋을지 이야기도 좀 나누자."
"그래, 좋다아. 재석이 너 만나는 거라면 우리 엄마는 언제나 찬성이야아."

기명이 슬그머니 제안했다.

"은지도 데려가면 안 될까아?"

"같이 오려고 할까?"

"말도 마라아. 공부 얘기만 나오면 화를 내고 학원에도 안 간다고 난리다. 애 키워야 한다고오."

"방법이 없을까?"

"몰라. 아버지가 밀어 준다는데도 그래에. 요즘 그래서 우리 부부 사이가 안 좋아아."

"잘 얘기해서 데리고 와. 기분 전환도 하게."

"알았어어."

그렇게 아이들은 주말에 약속을 잡았다. 재석과 민성, 그리고 보담과 향금은 기명을 만나서 공부하는 데 뭐가 가장 큰 문제인지 진지하게 들을 생각이었다.

공부 방법을 의논하다

뇌병변 장애인 빌 포터는 직업을 쉽게 찾을 수 없었다. 어머니는 그런 포터에게 세일즈맨을 권했다. 집집마다 다니며 회사에서 나온 신제품을 파는 직업이다. 빌은 매일 많은 집을 찾아가 현관을 두드리며 인사를 했다.

"안녕하세요? 새로운 물건을 가지고 왔습니다. 가정 살림에 도움이 될 만한 물건이 있으면 구매해 주십시오."

문을 연 가정주부들은 당황했다. 장애인이 어눌한 말로 영업했기 때문이다. 가정주부들은 곧바로 거절하고 문을 닫았다. 그러면 빌은 비틀거리며 또다시 옆집을 향해 발걸음을 옮겼다.

빌에게는 희망이 있었다. 끈질기게 집집마다 문을 두드리다 보면 어느 집인가는 자신의 물건을 사 줄 것이라는 신념이 있었다.

여기까지 쓴 뒤 재석은 슬그머니 고개를 들어 좌우를 살폈다. 재석의 옆에는 기명이 자리했다. 맞은편에는 보담과 향금, 은지가 나란히 앉았다. 민성만 비좁다면서 1인용 테이블에서 문제집을 풀었다.

보담이 만나자마자 제안했다.

"내가 재석이에게도 말했는데 공부는 집중이 중요해. 그리고 집중하는 습관을 만들려면 끈기를 키워야 해. 우리 몸은 안 했던 일을 하려면 저항하면서 자꾸 딴 일을 하려고 들지만 그걸 이겨 내야 해. 머리가 아무리 좋아도 교과서 한 장, 문제집 한 장 안 펴 보고 어떻게 시험을 잘 보겠어? 일단 한 과목을 오십 분 정도 팔 능력이 생기지 않는 한 공부를 제대로 할 수 없어."

아이들은 모두 고개를 끄덕였다.

"초등학교 수업 시간이 왜 사십 분인 줄 알아? 중학교는 사십오 분이잖아. 고등학교는 오십 분이고. 이건 그 나이대에 맞는 집중력 유지 시간이 그 정도이기 때문이야. 학교 수업과 쉬는 시간이 이것에 맞춰져 있는 거야."

그때 기명이 손을 들고 말했다.

"그러면 대학교느은?"

"기명 학생, 아주 좋은 질문이에요. 대학교도 오십 분이에요."

보담이 웃으며 진짜 선생님처럼 대답했다.

"대학원도 오십 분이고. 뇌 과학자들이 연구한 결과 인간의 집중력은 오십 분이 최고 한계래. 오십 분이 지난 뒤에는 어떤 과목을 공부해도 머리에 들어오지 않는데. 십 분 정도 쉬어야 뇌가 다시 새로운 지식을 받아들일 준비가 되는 거야."

"아, 그렇구나."

토요일, 엄마의 공방은 그날 하루 문을 닫았다. 엄마는 아들 재석이 친구들과 다 같이 모여서 공부를 한다니 기꺼이 공방을 내준 것이다. 문밖에는 클로즈드(CLOSED) 팻말이 붙어 있었다.

"그럼 우리 한번 오십 분 정도 공부할 수 있나 해보자."

"그래, 각자 집중력을 테스트해 보자."

보담은 기명에게 끈기가 부족하다는 말을 듣고 나름대로 방법을 찾아온 거였다. 수업 시간에 숙면을 취한다니, 지금 시급한 것은 집중해서 공부하는 시간을 늘리는 것이었다.

재석은 보담의 말에 자신의 못났던 과거 모습이 떠올랐다. 그때는 자신도 수업이 시작되고 오 분 내로 잠에 빠졌다. 조금이라도 흥미를 가지고 공부에 목적을 가져야 수업에 집중할 수 있는 법이다. 하지만 그때는 학교에서 하는 모든 것이 귀찮았고 그저 엄마가, 사회가 학교에 가야 한다고 하니 맹목적으로 가서 자리를 지키고 앉아 있었을 뿐이었다.

그랬던 자신이 지금은 수업 시간 오십 분 동안 잠들지 않았다. 지겨웠던 수업이 어느 순간 자신이 글을 쓸 때 중요한 자료가 된다고 생각하니 재미있는 이야기로 들렸다.

이제는 글을 쓸 때 두세 시간 정도 집중할 수 있도록 끈기가 늘어났고 물론 성적도 조금 향상되었다.

"각자 좋아하는 과목의 공부를 해보자. 지금이 열한 시 십 분이니까 열두 시에 공부를 마치고 점심 먹는 거 어때?"

"좋아 좋아!"

그렇게 해서 스마트폰의 스톱워치를 켜 놓고 아이들은 책을 펼쳤다. 순식간에 주위가 차분해지고 도서관 같은 분위기가 조성되었다. 재석은 학교 공부 대신 자기의 생각을 정리해서 수필을 썼다. 끈기라는 말에 유튜브에서 본 빌 포터의 이야기를 쓰기로 한 거다.

빌 포터는 그렇게 끈질기게 상품을 팔기 위해 영업을 다녔다. 그런 빌 포터에게 사람들이 물었다.

"당신은 끝없이 거절당했을 텐데 괴롭거나 낙망하지 않았습니까?"

"아닙니다. 이 수많은 집 가운데 내 물건을 사 줄 집이 한 군데는 있을 것 아닙니까? 내가 그 집에 갈 때까지 수없이 거절을 당해야 마침내 그 집에 도달합니다. 한 번 거절당했다는 것은 그 물건을 팔 수 있는 집에 한

집 더 다가갔다는 뜻인 걸요."

진정 긍정의 끝판왕이었다.

이런 내용으로 글을 쓰다 옆을 보았다. 기명은 벌써 눈동자가 풀려 있었다. 졸린지 하품을 쩍쩍 하는 것이 눈에 띄었다. 은지는 벌떡 일어나더니 정수기에 가서 물을 받아 홀짝홀짝 마셨다. 그냥 봐도 책이 눈에 안 들어오는 듯했다.

"나 화장실 좀 갔다 올게."

기명이 마침내 슬그머니 일어나서 화장실에 갔다. 보담은 돌부처처럼 앉아서 수학 문제를 풀었다. 향금은 사회 과목 참고서를 봤고 민성은 국어 문제집을 풀었다. 두 그룹의 집중력 차이가 확연했다. 재석은 속으로 혀를 끌끌 차고 다시 글을 썼다.

화장실에 다녀온 기명은 급기야 책상에 머리를 박고 잠을 청하고 있었다. 이 모든 것이 공부를 시작한 지 이십 분도 채 되지 않은 상황에 벌어졌다. 재석은 보담의 눈치를 조금 보았지만 이내 다시 자신이 쓰는 글에 몰입해 들어갔다.

"때르릉!"

열두 시 알람이 울렸다. 비로소 아이들은 기지개를 켰다.

"아웅!"

기명도 잠에서 깨어 일어났다. 한마디로 공부에 집중하지 못해 결국 잠이 든 거다.

"자, 쉬는 시간이야."

보담의 말에 갑자기 활기를 띠는 기명과 은지였다.

"내가 주변에 성적이 오르는 친구들을 보면, 걔네들은 끈기를 장착했더라."

보담이 차분하게 말했다.

"파고들고 집중하는 힘을 가진 거야. 그런데 기명 오빠는 집중력이 많이 부족해. 뭔가 하고 싶다면 한 시간 정도는 꼼짝 않고 집중할 수 있어야 해."

"맞아. 방송 프로그램도 나오는 것은 이삼십 분인데 인터뷰는 몇 시간씩 앉아서 한대."

향금이도 고개를 끄덕이며 보담의 말에 힘을 실었다.

"글 쓰는 것도 그래. 평생 글을 쓰려면 집중력이 있어야지."

재석까지 한마디 더하자 기명은 얼굴이 붉어졌다. 오늘은 정말 열심히 해야지 마음먹었는데도 집중을 못 하고 만 것이다.

"맞아, 나는 집중력이 약한 거 같아아."

기명은 자신의 부족함을 인정했다. 보담이 고개를 끄덕였다. 이해할 수 있다는 표정이었다. 재석이 말을 받았다.

"나도 조금씩 조금씩 오 분, 십 분씩 집중력을 늘리면서 여기까지 온 거야. 익숙해질 때까지 노력을 엄청나게 했지. 싸움할 때도 보면 처음에는 형편없이 얻어맞다가 차츰차츰 싸움을 잘하게 되는 거랑 똑같아."

"그렇구나아. 우리 중에는 역시 보담이가 제일 집중을 잘하는 거 같아아."

"보담아, 너는 어떻게 그렇게 집중을 잘하니?"

은지의 물음에 보담은 스마트폰을 들어 보였다.

"나는 스마트폰에 있는 스톱워치 기능으로 시간을 재면서 공부해서 이골이 났어. 이렇게 집중하면 훈련이 되어서 옆에서 뭘 하는지도 몰라."

아이들은 모두 고개를 끄덕였다.

"하지만 공부가 어려워서 머리에 들어오지 않고 그러니까 더 졸린 건 어떻게 해에?"

"그럴 때는 기초부터 다시 공부해야 하는데 고등학교 1학년이니까 아예 중학교 때부터로 거슬러 가 공부하는 게 좋을 것 같아. 못하는 부분이 어딘지 추적해서 그때부터 다시 이해해 되짚어 오는 거지."

기명은 진지하게 듣고는 느릿느릿한 특유의 말투로 다시 입을 열었다.

"맞아. 우리 아빠 엄마는 떡을 만들 때 엄청나게 집중하시

거드은. 스마트폰도 꺼놓고 딴생각은커녕 오로지 떡에 몰입하셔어. 주문 전화도 다른 아저씨가 받고오. 우리 부모님이 그렇게 집중하는 걸 봤으면서도 나는 왜 이렇게 산만한 인간이 되었을까 속상해에."

보담이 기명을 위로했다.

"오빠, 처음부터 잘할 수는 없어. 그래도 계속하겠다는 의욕을 가지고 십 분씩 늘려 가야 해."

"오빠는 아기 아빠가 되었잖아."

옆에서 향금이도 야무지게 거들었다. 그 말을 듣고 기명은 기운을 차렸다.

"부모님이 열심히 공부하라고 그랬는데 빨리 성과가 안 나니까 자꾸 조급하고 답답하기만 해에. 그래도 너희들이 있어서 다행이다아. 내가 지치고 잘못하려고 하면 자꾸 채찍질을 해줘어."

옆에서 입술만 깨물고 있던 은지도 주뼛주뼛 말했다.

"너희들 정말 대단해. 나도 막상 오빠한테는 왜 공부를 안 하냐고 뭐라고 했는데 내가 해보니 쉽지가 않네. 공부하는 법 자체를 잊어버린 느낌이야."

"아니야, 재석이하고 나도 처음에는 그랬어. 그런데 천재가 아니더라도 집중하려고 노력하다 보니 조금씩 나아지더라."

"민성이 말이 맞아. 그러려면 일단 책상 앞에 앉아야 해. 그러고 어떻게든 버티는 훈련을 하다 보면 공부를 더 잘할 수 있을 거야."

아이들끼리 공부에 대해 해줄 수 있는 말은 여기까지였다.

"알았어. 앞으로 나도 끈기 연습을 할게에. 그나저나 라면은 언제 먹을 거냐아?"

"아 참, 라면."

보담이와 향금이가 일어서려 하자 기명이 말렸다.

"이런 건 우리가 할게에. 재석아, 우리 같이 라면 끓이자아."

"알았어."

남자들이 달려들어 물을 받고 가스레인지 불을 켰다. 달걀이며 파 등을 준비하느라 간이주방이 들썩일 동안 여자애들 셋은 편안히 음료수를 마시며 수다를 떨었다. 어머니의 뜨개질 공방은 이제 학습 공방으로 변해 갈 모양이었다.

재석은 살짝 수첩을 꺼내 보담의 공부법을 〈스톱워치 공부법〉이라고 기록해 놓았다.

집중을 위해 노력하다

기명은 학원 마지막 수업이 선생님 사정으로 취소되어 집에 평소보다 일찍 돌아왔다. 그런데 이미 아홉 시가 넘은 시간인데 은지는 집에 없었다.

"다녀왔어요오."

할머니가 아들인 하늘이를 업고 있었다.

"할머니, 은지는 어디 갔어요오?"

"응, 잠깐 나갔다."

기명이 샤워를 마치고 아들과 놀아 주고 있는데 은지가 돌아왔다.

"너 어디 다녀오는 거야아?"

"아니, 그냥 요 앞에 좀. 오빠 일찍 왔네?"

"응. 학원 수업 하나가 취소되었어어. 오늘 집에 별일은 없었지이?"

"늘 똑같지 뭐. 지금 아기 재워야 하는 시간이네. 내가 조금만 안아 주고 재워야겠어."

그러면서 얼른 하늘이를 안고 방으로 들어갔다. 은지는 왠지 오늘따라 더 피곤한 기색이었다. 기명은 최근 들어 공부하느라 은지와 대화를 많이 나누지 못했다는 생각이 들었다.

기명과 은지의 아들 하늘이는 순둥이였다. 누가 안아 줘도 잘 놀았다. 낯을 가리지 않는 것이 다행이었다. 아마도 떡집 직원 여러 명을 계속 접하다 보니 사람 손을 타지 않는 것 같았다.

공부하려고 마음을 먹고 보니 기명은 정말 위기의식을 느꼈다. 아버지의 떡집을 물려받아 키우고, 아이도 잘 교육시키려면 공부를 제대로 해야 하기 때문이었다. 기명은 아빠만 보면 벙글벙글 웃는 아들 하늘이를 생각하니 등골이 오싹했다.

'하늘이가 정말 하늘처럼 큰 사람이 되게 길러야 하는데.'

누가 결혼을 하면 어른이 된다고 했던가. 이런 생각을 하게 만드는 것을 보니 사실이었다. 좀 쉬려던 생각이 싹 사라져 열 시부터 책상 앞에 앉기로 스스로 결심했다.

열 시 정각, 기명은 자리에 앉았다. 두 시간 정도 공부를 하고 잘 생각이었다.

재석과 함께 울재석에서 공부했던 날 오십 분은 무슨 일이 있어도 집중해야 한다는 말이 기억에 강하게 남았다. 그 말을 듣고 그동안 집중력을 키우는 훈련을 해 왔다.

"오늘은 이십 분에 도전할 거야?"

아기를 요람에 눕히고 나와서 피곤한 듯 하품을 하며 은지가 물었다.

"응. 일단 국어 공부를 할 생각이야."

기명이 딴 걱정 없이 공부하도록 기명의 부모는 적극적으로 배려해 주었다. 아기를 봐주기 위해서 시골에 있는 할머니까지 올라와 당분간 함께 살기로 했다. 온 집안이 기명의 공부를 위해서 적극 후원하고 있었다. 시간 날 때마다 아빠와 엄마도 하늘이를 돌봐 주었다. 이제 기명은 전적으로 공부만 하면 되었다.

'어떻게든 집중력을 늘려 하나하나 이해해 나가야 해.'

책상 위에 스마트폰 스톱워치를 켜 올려놓았다. 시간을 재면 좀 더 집중이 잘되었기 때문이다.

기명은 일단 중학교 1학년 국어 자습서를 펼쳐 놓고 읽을 생각이었다. 스톱워치를 이십 분에 맞춰 누른 뒤 책을 펼쳤다. 교과서 본문이 시원한 디자인으로 실려 있고 그에 따른 문제와 풀이가 함께 나왔다.

기명은 일단 뜻을 이해하든 못 하든 페이지에 있는 모든 내용을 읽기로 했다. 이번 주 내로 중학교 1학년 국어를 다 읽고, 문제집의 문제도 좀 푼 뒤 다음 주에는 중학교 2학년, 그다음에 중학교 3학년 공부를 하기로 했다. 고등학교 1학년이 학원에서 중학생들 틈에 껴서 수업을 들을 수는 없으니 참고서를 읽으며 놓치고 지나온 과정을 다시 정복하려는 것이었다. 아무래도 중학생 때부터 거슬러 올라오는 게 좋을 것 같았다.

하지만 문해력이 떨어져 중학교 1학년 국어 내용 역시 이해하는 게 쉽지 않았다. 단어도 잘 모르겠고, 한자라든가 문장의 수사법 같은 거는 완전 낯설었다. 그런 난관에 부딪힐 때마다 기명은 옆의 벽에 머리라도 박고 싶은 심정이었다.

'왜 그때 나이에 맞게 공부하지 않고서 철없이 막살았을까? 이제 하늘이까지 태어났는데…….'

자책의 마음이 가장 컸다. 하지만 지금은 자책할 시간도 아까웠다. 기명은 다시 책을 읽어 나갔다.

'지금 내 목표는 이십 분이다, 이십 분.'

알람이 울릴 때까지 꼼짝하지 않고 책을 읽어 내야만 했다. 그러나 교과서 내용은 재미가 없었고 집중력은 자꾸만 떨어졌다. 십오 분이 지나자 잡생각이 몰려들었다. 화장실도 가고 싶었다. 하지만 어떤 일이 있어도 이십 분은 참아야 했다. 억지로 책을 읽는데 모르는 내용은 그냥 글자만 눈으로 보고 지나가는 수준이었다.

"삐삐삐삐!"

마침내 이십 분이 되어 스톱워치를 눌렀다. 기명은 화장실을 가기 위해 방에서 나왔다. 그런데 아빠 엄마가 거실에서 숨죽이며 텔레비전을 보는 게 아닌가. 트로트 대전인가 하는 화려한 노래 자랑 프로그램이었다.

"뭐 필요한 거 있니?"

아들이 공부하는데 이런 거 봐서 약간 미안하다는 듯한 표정으로 엄마가 물었다.

"아니에요. 엄마, 빨리 주무셔야죠오?"

"그래, 이제 이 프로그램도 거의 다 끝났으니 얼른 자야지."

떡집을 하기에 새벽에 일어나는 엄마 아빠는 이 시간에 잠깐 거실에서 텔레비전을 보는 것이 유일한 낙이었다.

"어서 공부해라. 우리는 불 끄고 들어간다."

서둘러 엄마 아빠는 안방으로 들어갔다.

자기 때문에 텔레비전도 마음대로 못 보다니.

기명은 부모님께 미안했다. 그러면서 자기와의 약속인

열두 시까지 공부하기를 꼭 지키기로 다시금 결심했다. 은지는 하늘이와 자는 모양이었다. 살짝 방문 손잡이를 눌러 보았지만 잠겨 있었다.

'어, 왜 문을 잠갔지? 나 공부하라고 그러는 건가? 아니면 나랑 각방 쓰겠다는 거야? 이상한걸.'

기명은 일단 문을 잠근 은지의 마음을 존중해 주기로 했다. 다시 공부방으로 돌아와 이십 분간 집중해 보려고 앉아 있는데 순간 눈에서 눈물이 흘렀다. 이십 분조차 집중하는 습관을 만들어 내지 못하는 자신이 너무나 비참했던 것이다.

'어떡하면 좋지? 왜 이십 분도 힘겨워하는 거야. 언제 삼십 분, 사십 분으로 늘리지? 정신 차려, 이 자식아!'

하지만 그런 생각 자체도 잡념이었다. 의지할 곳은 재석이밖에 없었다. 문자를 보내 보기로 했다.

> 이제 이십 분 집중하는 것에 도전하는데
> 아직도 잡념이 너무 많아.

기다렸다는 듯 재석의 문자가 왔다.

형, 이십 분간 집중하려고 하는 것만도 대단해.
나도 처음에 끈기가 없어서 힘들었어.
이 고비만 넘기면 삼십 분, 사십 분으로 늘릴 수 있어.
계속 도전해, 형.
처음에는 오 분도 집중 못 했잖아.

그 문자를 읽자 갑자기 희망이 보였다.

'맞아. 내가 조금씩 나아지고 있지.'

이십 분은 힘들어도 십오 분 정도는 딴생각 많이 하지 않고 책을 읽은 기억이 나 기명은 다시 스톱워치를 누르고 집중에 들어갔다.

공부가 싫어진 이유

봄 햇살이 온 세상을 따뜻하게 감싸는 4월의 오후였다. 호진이와 재석, 그리고 기명은 점심시간에 등나무 밑의 벤치에 앉았다. 오랜만에 만난 기명이 호진이는 살짝 어려웠다. 그에게는 기명이 한 학년 위의 일진이었던 기억만 있었기 때문이었다.

기명은 전교 일등 호진이를 만나자 왠지 공손해지는 느낌이었다. 예전에 일진들 사이에서 주먹질할 때 인상 쓰던 거친 기명은 사라지고 없었다. 어느새 기명의 얼굴에는 어색한 미소가 떠올라 있었다.

이 만남을 주선한 재석이 입을 열었다.

"호진아, 기명이 형한테 공부에 도움이 될 만한 이야기 좀 해줘."

사실 호진이와 기명을 만나게 해주면서 재석도 공부 팁을 얻고 싶었다. 그런데 호진이가 더 궁금하다는 표정을 지었다. 일진이었던 기명이 과연 공부를 얼마나 하고 싶어 하는지, 왜 그런 결심을 했는지 궁금해했다.

"형네 집은 돈도 많고 부모님도 전에 떡 돌리시는 거 보니까 좋은 분들 같던데 왜 공부를 놓은 거예요?"

"호진아, 나한테 존댓말하지 마아. 나 1학년이야아."

기명이 먼저 자신을 내려놓고 다가갔다.

"그래도 선밴데."

"고등학교 선후배는 졸업기수로 따지는 거야아. 네가 내 선배야아. 그러니까 나한테 말 놔아."

"아, 알았어."

호진이가 급하게 말을 놓자 기명은 과거를 회상하며 후회 어린 표정을 지었다.

"맞아. 나 나름대로 학원도 많이 다녔거드은. 운동을 선수처럼 잘하지는 못해도 나름 몸을 잘 쓰니 대학교 체육과에 가면 좋겠다는 생각도 가졌는데, 어느 날 갑자기 공부에 흥미를 잃었어어."

"학원에서 다 선행학습을 해주잖아. 그거만 따라가도 되는데……."

"그게 문제였던 것 같아, 나아는. 선행을 잘 못 따라갔거든. 게다가 부모님이 바빠서 나에게 관심을 덜 주시고오."

호진이는 알겠다는 듯 고개를 끄덕였다.

"중학교 올라오면 공부가 갑자기 좀 어려워지기는 하지."

"맞아, 그때 내가 공부하는 게 완전 싫어졌어어. 초등학교 때는 공부하는 게 어렵지 않았거든. 그런데 중학교 진학하면서 갑자기 공부가 어려워지는데 거기다 선행까지 해야 한다고 해서 학습량이 갑자기 늘어나니 완전 흥미를 잃었어어."

중학교에 오니 초등학교와는 상황이 많이 달라졌다. 수학과 영어, 과학과 국어가 갑자기 확 어려워지면서 이해가 안 되는 부분이 많아졌고 한 번 공부와 멀어지니 더 공부가 싫어졌다. 그런 와중에 아버지가 떡집을 사업으로 만들고 싶다고 했기에 압박감이 부담으로 다가왔다.

"지금은 후회된다아. 아버지 말이 틀린 것도 아닌데 왜 그렇게 엇나갔는지이."

"맞아. 내가 아는 애도 초등학교 때는 공부를 곧잘 했는데 중학교 자유학기제에 공부를 놔버리더라고. 시험도 안 보는데 왜 이렇게 많은 공부를 해야 하냐고 하면서 학원도 안 다니더니 아예 게임에 빠졌어."

"나도 그 분위기에 올라타 버린 거야아. 그때 잘했어야 하는데 나는 선행이고 뭐고 그냥 놀았던 거지…… . 정말 내 인생의 황금기는 중학교 1학년 때였어어. 그때 잘했어야 하는데에."

"맞아."

"2학년이 되니까 갑자기 시험을 보기 시작하고 모두 빡세게 공부하는 분위기야아. 그런데 그때는 중2병에 걸린 거야아. 엄마가 자꾸 기대하고 공부하라고 하는 게 너무너무 싫은 거 있지이? 그래서 바깥으로 돌게 된 거다아. 치고받고 싸우면 스트레스가 풀리고 긴장감도 없어졌지이. 물론 내가 이 모양이 되니까 후회하지만 그때는 나름 성취감도 있었어어."

"부모님이 당연히 더 공부하라고 하셨을 거 아니야?"

"그렇지도 않아아. 공부 못하면 나중에 떡집 물려받으면 된다고 암묵적으로 합의가 되어 있었던 거야아. 그러니까 학원은 남들 따라 다녔는데 그냥 다른 애들한테 시비나 걸고, 쓸데없는 것에 관심만 가지고…… ."

"일정 부분 학원 선행학습 때문일 수도 있어."

"선행학습?"

"응, 선행학습이 무리해서 많은 양의 예습을 미리 해버리는 거잖아.”

“맞아. 학원에서는 중학교 3학년 걸 미리 다 가르치더라아. 학원에서 빠르게 윗 학년의 학습 내용을 훑고 가니까 정신을 못 차리겠더라고오. 그러면서 학원에서 다 알려 주는데 왜 시험을 못 보냐는 거야아.”

호진이가 고개를 끄덕였다.

“선행학습은 학원 선생님들이 잘 가르쳐 주니까 학원에서는 다 이해하는 듯하지만 바로 잊어버려. 학생들이 집에 가서 따로 공부를 하지 않으면 그게 자기 것으로 체화되지 않거든. 그런데 일 년 이상 선행하는 경우 학습량이 상당하니 학생들은 버거워할 수밖에 없고 그러면서 아예 손을 놔버리거든.”

재석은 호진이의 공부 비결이 궁금했다.

“호진아, 그러면 너도 선행학습이 힘들었어?”

“당연히 힘들었지. 그래도 집에 가서 그날 배운 걸 복습했고 무엇보다 학교 수업 때 열심히 했어.”

재석은 호진이가 수업 시간에 한 번도 졸지 않았던 걸 떠올렸다.

“선행학습으로 알고 있어도 다시 점검해야 해.”

“그랬구나. 그래서 네가 맨날 책상에 붙어 있었구나.”

“맞아. 공부 잘하는 아이들이 책상에 붙어 있는 이유는 바로 선행학습도 해야 하고, 학교 공부도 해야 하고, 복습도 해야 하기 때문이야. 한마디로 모두 잘해야 하는 거야. 그러다 보니 공부벌레가 될 수밖에 없어."

그런 말을 하는 호진이의 표정은 씁쓸했다.

"사실 지능이 상위 십 퍼센트 안에 드는 아이가 아니면 선행학습을 해도 일주일 만에 다 잊어버려. 나도 공부 안 하면 다 잊어. 그런데도 다 배웠다고 생각하고, 다 안다고 생각하고 복습을 등한시하는 거야. 복습을 가볍게 여기니까 시험 보면 성적이 엉망으로 나오지."

"학교 수업을 잘 들으면 되지 않을까?"

"그런 애들은 학교 수업을 제대로 안 듣지. 이미 아는 거라고 생각하고 딴생각을 하는 거야. 그러면 안 되는데."

재석과 기명은 멍한 표정이 되었다.

"하하, 멘붕이지? 걱정하지 마. 결국은 학교 수업부터 열심히 듣는 게 정석이야."

"나는 학교 수업이 어려워. 그래서 학원에 다니는데 그나마 내가 기초가 없다는 걸 알고 학원 선생님이 열심히 가르쳐 주려고는 해서 좋아아."

기명은 여전히 모르는 게 너무 많아 힘들고 문제 풀기가 어려운데 학교에서는 진도를 계속 나가 더 어려워지는 악순환에 갇혀 있다고 토로했다. 하나를 알면 모르는 게 서너 개씩 늘어나는 느낌이어서 아무리 노력해도 따라가기가 어렵다고도 했다.

"그래서 열심히 하려고 노력하는데도 그만큼 나아졌다는 생각이 안 들어."

재석이 결론을 내렸다.

"형, 인생이 노력한 대로 나오면 모두 다 성공하게? 살기 싫다는 사람들도 보면 자기가 뭔가 열심히 했는데 결과가 안 나오니까 자살도 하고 막 살아 버리는 거지."

"맞아. 그래서 나도 일진이 된 거였어. 호진아, 너는 공부가 어떤 의미라고 생각해서 그렇게 열심히 하는 거야?"

"글쎄, 사람은 평생 공부해야 한다는데 아직 그 의미는 잘 모르겠어. 단지 그전까지 이해하지 못했던 부분을 이해해서 내 것으로 만들고 실력을 쌓는 게 즐거워. 모르는 걸 알아내면 세상 그것만큼 기쁜 게 없거든. 내가 막 성장한 거 같고 재미있어."

"모르는 걸 아는 게?"

재석은 자신이 글을 쓰다 막히는 걸 김태호 선생이 가끔 짚어 주면 눈이 밝아지는 느낌을 받던 것을 상기했다.

"그래. 네가 발차기가 안 됐는데 노력해서 어느 날 멋진 발차기가 되는 거, 그런 것과 같은 기쁨이지."

"아, 이해할 수 있을 거 같아. 벽돌 한 장을 못 깼는데 한 육 개월간 주먹의 파괴력을 기르니까 나중에 속도가 더해져서 가볍게 깨지더라고."

기명도 고개를 끄덕였다. 그 기분 자체는 이해가 된 거다.

"그래도 모르는 걸 새로 아는 게 즐겁다니 나는 절대 도달하지도 못할 경지 같다아. 뭐 공부하는 요령 같은 거는 없나아?"

"요령이라기보다는 기명이 형 같은 경우는 처음에 성취감을 느낄 수 있는 것부터 하는 게 좋지."

호진이는 기명에게 반말을 했지만 형이라는 호칭은 꼬박꼬박 붙였다.

"기초가 많이 필요한 과목은 좀 길게 보고 하고 단기간에 성적이 올라가는 암기과목을……."

호진이가 뭔가 더 말하려는데 점심시간이 끝났다는 종이 울렸다. 세 아이는 서둘러 교실로 돌아갔다.

"나머지 얘기는 기회 봐서 하자."

호진이가 1학년 교실로 멀어지는 기명의 등에 대고 말했다.

"그래에."

"형, 졸지 말고 눈 부릅떠! 내가 또 수업 시간에 가서 본다!"

재석이 눈꺼풀을 손가락으로 들어 올리는 몸짓을 한 뒤 두 손가락을 기명을 향해 쏘았다. 기명이 피식 웃으며 가운뎃손가락을 세운 뒤 교실로 뛰어갔다.

재석은 호진이의 공부법을 〈복습 공부법〉이라고 기록해 놓았다.

실패를 두려워하지 마라

경기도 화성의 넓은 들판 하늘 위로 흰 구름만 몇 점 떠 있었다. 며칠간 봄장마여서 내내 비가 내렸기에 오랜만에 보는 화창한 하늘이었다.

오늘은 토요일. 재석과 민성, 그리고 보담과 향금은 소풍을 겸해 이곳까지 나왔다. 엄밀히 말하면 소풍이라기보다는 민성의 응원 여행인 셈이었다.

셔틀버스를 타고 내려온 이곳은 다름 아닌 드론 교육장이자 시험장이었다. 컨테이너박스 몇 개가 놓인 들판에는 미리 와서 드론 연습을 하는 사람들이 활발히 움직이고 있었다. 서둘러 셔틀버스에서 내린 사람들은 줄줄이 컨테이너박스 쪽으로 이동했다.

재석과 민성, 보담과 향금도 휴게실로 향했다. 자판기에서 음료를 뽑아 먹고 세 아이는 드론 비행 시험을 앞둬 긴장한 민성을 바라보며 응원했다.

"김민성, 파이팅!"

민성은 민망한 미소를 어색하게 지어 보이고는 시험을 보기 위해 한쪽으로 뛰어갔다. 그리고 한참 뒤에야 교관과 함께 안전모를 쓰고 시험장으로 들어오는 민성을 발견할 수 있었다.

민성은 긴장한 빛이 역력했지만 시작 신호에 맞춰 드론을 날렸다.

"우우웅!"

요란한 소리와 함께 드론이 날아올랐다. 민성이 조종하는 드론이 멋지게 오르고 내리고 회전하는 모습들을 보며 세 아이는 수다를 떨었다.

"와, 민성이 잘하네?"

"그러게 말이야. 나도 해보고 싶다."

향금이가 부러워했다.

"민성이는 촬영하기 위해서 배운 거잖아. 그냥 재미로 날리는 게 아니야."

민성은 다큐멘터리 감독이나 영화감독이 되려면 모든 촬영 기법을 알아야 한다며 이번 학기부터 주말마다 드론 비행 자격증을 따기 위해 교육을 받고 있었다. 오늘은 드디어 마지막 과정인 드론 실제 촬영 시험날이었다.

재석은 모처럼 밖에 나오니 기분이 좋았다. 가슴속에서 일어나는 감흥을 끼적끼적 수첩에 적으며 민성의 드론을 바라보았다. 자신의 꿈을 향해 하나하나 공부해 나가는 민성이 대단하게 느껴졌다.

"와!"

구경하는 사람들은 드론이 날아오를 때마다 탄성을 질렀다. 어떤 드론은 제대로 올라가지도 못했고 어떤 것은 비틀거렸다. 무언가에 숙달하고 자격증을 얻기 위해서는 반복되는 훈련을 받으며 노력해야 한다. 민성이 오래전부터 항공 촬영 기법을 익히기 위해 열심히 훈련을 받고 책도 읽고 실제 연습도 많이 했다는 것을 아이들은 잘 알았다.

공부도 원하는 것을 향해 나아가기 위한 하나의 수단과 방법이다. 물론 학교 공부는 드론 비행술을 익히는 것처럼 꿈과 어떤 연관이 있는지 바로 알 수 없고 결과도 즉각즉각 나오지 않아 더 힘들지만 역시 꿈을 위한 훈련과 연습이라는 개념으로 접근하면 조금은 더 쉬워진다.

재석이 이런저런 생각을 하는데 어느새 드론 시험이 막을 내렸다. 민성은 시험관들이 있는 곳으로 가서 서류를 작성한 뒤 이야기를 듣고는 상기된 얼굴로 그들에게 다가왔다.

"애들아, 다 끝났어. 나 합격이야!"

아이들은 모두 코를 박고 민성이 들고 온 자격증을 살펴보았다. 거기에는 드론이 찍은 영상도 붙어 있었다. 화성 들판을 쫙 찍은 것이 시원하고 통쾌했다.

"야, 너무 멋지다. 대단하다, 김민성!"

"고마워."

민성은 그 어느 때보다도 뿌듯한 표정이었다.

민성은 목표가 분명했다. 이런 자격증을 따면 대학 입학 전형에서 유리하다면서 준비해 나가는 민성을 보면서 재석은 약간 초조한 마음마저 들었다. 자신은 아직 공모전이라든가 글짓기 대회에서 성과를 내지 못하고 있기 때문이었다. 이상하게 응모하는 글들이 입선까지는 가는데 대상이라든가 특선 같은 굵직한 상을 받지는 못했다.

우직한 성격의 재석은 언젠간 기회가 올 거라고 생각하며 열심히 도전하는 중이었지만 청소년기에 가질 수밖에 없는 특유의 불안감을 완전히 없앨 수는 없었다. 그래도 오늘은 마음껏 민성을 칭찬하자고 마음을 다잡았다.

화성에 오면서까지 문제집을 가지고 와 풀던 보담도 민성에게 아낌없이 박수를 보냈다.

"민성아, 멋져."

향금이도 엄지를 척 치켜 올렸다.

"민성이는 역시 목표를 향해 열심히 나아가는구나. 오늘은 정말 네가 대단해 보여."

"아니야, 아직도 할 게 많아. 이건 과정 중의 아주 작은 일부분일 뿐이야. 그래서 정말 시간이 아깝다고."

이야기를 나누며 타고 온 셔틀버스가 있는 곳으로 다시 이동을 했다. 다른 사람들도 속속 셔틀버스에 올라탔다. 서울 사당동까지 함께 가는 거였다.

버스가 국도를 거쳐 고속도로로 진입하자 대부분의 사람은 피곤한지 곯아떨어졌다. 네 아이만 맨 뒷자리에 앉아 이런저런 수다를 떨었다. 넷의 공통적인 관심은 이번에 다가올 학력평가였다.

"공부 많이 했니?"

보담이 향금이에게 물었다.

"아니, 빨리빨리 문제집을 해치워야 하는데 죽겠다, 아주. 나는 계획을 세우면 제대로 못 지키는 게 탈이야. 몸이 말을 안 들어."

"그건 나도 그래."

보담의 말에 아이들은 모두 놀랐다. 전교 일등인 보담이 공부 계획을 지키는 데 어려움이 있다는 것이 의아했다.

"어머, 너도 그러니?"

"응. 공부에는 끝이 없으니 여전히 해야 할 게 많잖아."

재석이 놀라서 물었다.

"너는 경쟁자도 없고, 라이벌도 없잖아?"

"그렇지도 않아. 3반에 있는 공민아가 전교 일등을 두 번인가 했어. 세상에 공부 잘하고 싶지 않은 애가 어디 있겠니? 지금도 어디선가 열심히 하는 애들이 분명 있다고."

재석은 처음 듣는 말이었다. 보담이 전교 일등을 늘 하는 줄 알았는데 그게 아니었다니. 눈이 동그래진 재석과 민성을 보며 보담이 차분하게 전교 일등을 놓친 이야기를 들려주었다.

보담에게는 자신만의 오랜 공부 규칙이자, 일등을 지키는 비결이 있었다. 먼저 아침에 일어나자마자 비문학 지문을 풀었는데 수능 시험 첫 교시가 국어이기 때문에 그 리듬에 맞춰 준비하는 거였다. 등교해서는 수업 시간에 충실히 수업을 듣고 점심시간이 되면 교실은 시끄럽기 때문에 도서관이나 상담실 한쪽 구석으로 가서 집중도를 높여 수학 문제집을 풀었다. 또 언제 어디서든 자투리 시간이 나면 부족한 공부를 하는 식으로 시간을 최대한 충실히 채워 나갔다. 학원에 가서는 고난도의 영어와 수학 공부를 하고 집에 돌아와서는 영어로 된 에세이를 한두 쪽씩 읽고 잤다.

하지만 이 공부 루틴은 할아버지인 부라퀴가 아프면서 깨질 수밖에 없었다. 어느 날, 안방에서 이상한 소리가 나는 것 같아 보담이 달려갔는데 그때 이미 부라퀴는 호흡곤란으로 의식을 잃은 상태였다. 황급히 보담은 할아버지를 일으켜 세워 등을 두들겼다. 목에 끼어 있던 가래를 뱉어 내게 하기 위해서였다. 방에 들어오자마자 떨리는 손으로 전화를 걸었던 119가 달려와 서둘러 병원 응급실까지 갔지만 다행히 부라퀴는 얼마 안 있어서 퇴원할 수 있었다. 단순히 기도가 막혀서 처치만 하면 됐기 때문이었다.

그러나 보담은 그 뒤로 부라퀴의 건강이 더욱 신경 쓰였다. 또 호흡곤란이 일어날까 봐 보담은 일주일 넘게 학원이 끝나고 집에 들어가면 부라퀴가 잠들 때까지 곁을 지켰다.

"할아버지가 다시 건강해지시기는 했는데 그걸로 인해서 내 루틴이 조금 깨지니까 불안해졌어. 성적 떨어지면 어쩌지, 이대로 계속 가면 시간을 뺏겨서 힘든데 하는 고민이 되더라고. 불안한 마음으로 작년에 중간고사를 봤는데 글쎄 한두 문제는 틀리지 않을 수 있었는데도 실수를 한 거야."

그게 바로 전교 일등을 빼앗긴 보담이의 가슴 아픈 스토리였다.

"하지만 후회는 없어. 그 뒤로 할아버지가 건강을 회복하셨고, 나도 루틴을 회복했으니까. 또 일등 자리를 뺏길까 봐 불안하지도 않아. 처음에는 누가 나를 밀쳐 내고 일등을 하면 어떡하지, 그런 생각을 했는데 지금은 나에게 최선을 다하자는 마음뿐이야. 할아버지 때문에 일등을 뺏겼다는 생각도 이제는 고쳐먹었어. 다른 아이들도 완벽하게 공부만 할 수 있는 상황은 아니잖아. 다들 주어진 환경에서 최선을 다하는 거니까."

보담이 아이들에게 해탈한 듯한 미소를 지어 보였다.

"실은 공민이도 아버지가 안 계신대. 엄마와 둘이 사는데 엄마를 기쁘게 해주기 위해 열심히 공부하는 거랬어. 그런 식으로 누구나 다 상황과 처지가 다르거든. 완벽하게 아무 걱정 없는 상황에서 공부만 할 수 있는 사람은 별로 없는 것 아니겠어?"

재석이 조심스럽게 물었다.

"그래도 일등 뺏겨서 속상했지?"

"당연히 처음에는 속상하고 화가 났지. 그런데 가만히 생각해 보니까 그게 나의 한계였던 거야. 다음에 한 문제 차이로 한 번 더 민아가 일등 했어. 하지만 그때는 담담할 수 있었어.

민아는 나의 좋은 경쟁 상대야. 민아 때문에 더 열심히 공부해야지 하면서 각오를 다진다니까."

"너랑 친해?"

"요즘은 민아랑 친해. 만나서 공부 얘기도 하고 고민도 나누는 사이야."

옆에 있던 향금이 볼멘소리를 했다.

"가끔 나 빼고 지들끼리 공부 얘기를 한다. 완전 섭하게시리."

민성이 살짝 타박을 했다.

"하하. 향금이 너는 애네들 공부 얘기에 끼지도 못하잖아."

"하긴 그래. 헤헤."

성격 좋은 향금은 금방 빙그레 웃었다.

"맞아. 모든 청소년이 공부가 최고의 고민이래. 그 이야기는 공부를 다 잘하고 싶어 한다는 거겠지."

재석의 말에 향금이 의문을 제기했다.

"그런데도 왜 성과가 안 나는 걸까?"

민성이 끼어들었다.

"그건 내가 알아. 고민만 하고 열심히 하는 애들이 없는 거야. 나 봐봐. 이렇게 토요일 날 화성까지 와서 드론 날리는 훈련을 받고 결국 자격증 따는 시험까지 봤잖아. 딴 아이들은 이런 거 배우겠다는 마음만 있지, 안 하는 거야. 실천력이 부족한 거지."

"그래, 민성아. 너는 참 훌륭해. 생각하는 걸 실천하잖아."

보담이 웃으며 민성을 칭찬했다. 그러고는 공부에 대한 자신의 생각을 이어 말했다.

"아이들이 공부를 하겠다고 하는데 잡생각이 많고 책 보는 거를 힘들어해. 스마트폰을 손에서 놓지 못하는 아이도 많고. 그러면서도 남이 공부한다는 소리를 들으면 시기하면서 뭐라고 하고, 뒤에서는 자기도 하려고 하지만 자꾸 쉬고 싶고 스마트폰 보고 싶고 아니면 잠자고 싶은 거지. 정말 엄청나게 각오를 다지고 의지를 가지지 않으면 공부하기 힘들어."

"아우, 우리 엄마가 나한테 예쁜 옷만 사 주면 내가 열심히 공부할 텐데."

향금이 허공에 예쁜 옷이라도 있다는 듯이 눈을 반짝이며 올려다보고 어깨를 으쓱했다.

"향금아, 당장 눈에 보이는 보상이 주어지면 공부를 더 할 수 있기는 해. 그렇지만 보상이 한두 번은 먹혀도 그걸로 장기간 공부를 지속할 수는 없어. 동기부여가 되려면 다음에는 보상이 커지고 더 커져야 할 텐데 그게 불가능하잖아. 예전과 똑같은 보상을 주면 그냥 안 받고 말지 하는 생각이 들거든. 그러니까 나중의 보상을 떠올리면서 지금의 어려움을 참고 공부할 수 있어야 해."

　이런 생각을 하면서 현재의 실천력을 높이는 건 사실 어린이나 청소년뿐만 아니라 어른들에게도 힘든 일이다. 그렇지만 이렇게 자꾸 갈고닦아 자신을 단련해야 하고 싶은 일을 하는 어른이 될 수 있다는 것을 네 아이는 어렴풋이 알고 있었다. 꾸준히 실천하는 자만이 성적을 올리고 전교 최상위권이 될 수 있다. 그런 면에서 보담은 정말 훌륭한 모범생이다.

　"많은 아이가 공부를 잘하고 싶지만 실천력이 부족한 걸 자신도 잘 알아. 원하는 것과 해야 하는 것과의 괴리에서 괴로워하면서 공부하라고 말하는 부모님에게 화를 내지."

　"맞아. 부모님은 우리를 위해서 학원비를 대주고 공부하라고 응원해 주고 격려해 주는데 자식들이 화를 내니 속상하기는 할 것 같아."

　그 말을 끝으로 아이들은 각자 자신의 부모를 떠올렸다. 모든 부모가 자식 잘되기를 기원하며 오늘도 열심히 살고 있다고 생각하니 아이들은 숙연해졌다. 어느새 버스는 사당역 3번 출구 앞에서 속도를 줄이고 있었다.

　"애들아, 오늘 안 그래도 기명 오빠가 하루 종일 스터디카페에서 공부한대. 우리 잠깐 응원하러 가 볼까?"

　향금이 제안했다. 토요일인데 일찍 집에 들어가기가 조금

아까웠다.

"그래, 어차피 집에 가는 길이니까 들르자."

아이들은 동네로 가는 시내버스에 올라탔다. 스터디카페는 버스 정류장 가까이에 있어서 들르기도 좋았다. 갑자기 민성이 눈을 반짝이며 말했다.

"야, 우리 내기하자."

"뭐?"

"스터디카페에서 기명이 형이 공부하고 있다, 없다 가지고 내기해. 나는 백퍼 공부하지 않고 딴짓한다에 내 손모가지를 걸 수 있어."

"에이, 설마. 기명이 오빠 요즘은 마음 잡고 공부한다고 했어. 나는 공부하고 있다는 데 건다."

보담의 생각이었다. 재석도 기명을 믿고 싶었다.

"형이 정신 차려서 이제는 공부하고 있을 거야. 엊그제도 나한테 모르는 걸 문자로 물어봤어."

그건 사실이었다. 가끔 1학년 교실에 가 보면 졸린 눈을 비비며 공부하는 기명의 모습을 볼 수 있었다.

하지만 향금은 민성이 편이었다.

"아니야. 내가 은지를 잘 아는데 분명히 은지가 기명이 오빠 꼬드겨서 놀자고 했을 거야."

갑자기 네 아이 사이에 긴장감이 감돌았다. 세상에 내기만큼 승부욕을 불러일으키는 건 없다. 자신의 주장이 맞다는 것을 확인하기 위해 네 아이는 비장하게 스터디카페로 향했다.

"으, 떨려."

"내 손모가지를 부탁해."

"손모가지는 너무 무서우니까 우리 이따가 진 팀이 이긴 팀에게 떡볶이 사 주는 걸로 하자."

보담 역시 흥미로워하는 표정으로 말했다.

"그러고 보니 공부할 때도 이런 방법을 쓰네. 나는 공부를 무슨 내기나 시합처럼 할 때가 있어. 특히 어려운 공부를 할 때 작은 보상을 걸어 놓고 정해진 시간 안에 마무리하면 이겼으니까 보상을 따는 거지."

"야, 넌 무슨 매일매일이 살벌하냐?"

"살벌한 게 아니라 재미있어. 그리고 물론 난 매일 승자가 되지."

보담이 어깨를 으쓱거리며 짐짓 잘난 척을 했다. 네 아이는 동시에 웃음을 터뜨렸다. 그러는 사이에 3층 스터디카페 입구에 다다랐다.

"와, 시설 좋은데?"

"이 카페가 동네에서 제일 좋대. 단독으로 공부할 수도 있고 테이블에 앉아서 여러 명이 스터디도 할 수 있어. 음료수 같은 것은 무제한으로 준대."

아이들은 공부하는 사람들에게 방해가 될 수 있어 무작정 쳐들어갈 수 없었다. 일단 재석이 밖에서 전화를 걸기로 했다.

한참 신호가 가고 나서 기명이 전화를 받았다.

"어, 재석이 아니냐아. 어쩐 일이냐아?"

"형, 공부 열심히 하고 있어?"

"그럼. 내가 스터디카페에 왔다아."

"그렇지? 잠깐 밖에 나와. 우리 형이 다니는 스터디카페 앞이야."

"뭐? 잠시 기다려어!"

당황하는 목소리로 기명은 전화를 끊었다. 느낌이 안 좋았다.

목표와 꿈을 가져라

스터디카페 앞에서 기다리던 네 아이는 뜨악한 표정이 되었다. 심지어 기명이 놀러 갔을 거라고 내기를 건 민성과 향금도 놀란 표정이었다.

"진짜 안에 없나 봐."

"아니야, 정리하고 나오려나 보지."

다들 왜 기명이 빨리 모습을 드러내지 않는지 이유가 궁금했다. 그때 계단에서 다급히 뛰어 올라오는 소리가 들렸다. 기명과 은지였다.

"아니, 형! 스터디카페 안에 있다며?"

"아, 그게 은지랑 공부하다가, 요 아래 카페 가서 차 한 잔 마시고 있었어."

향금은 척 보니 모든 걸 알겠다는 듯 말했다.

"데이트한 거 아니고?"

"에이, 데이트는 무슨? 너희들 잘 왔다아. 카페로 가자아."

재석이 답답하다는 듯 주머니에 손을 넣으며 지청구를 했다.

"공부를 해야지 은지랑 카페 갈 시간이 어디 있어?"

"아, 잠깐 공부하다 나온 거야아. 잠시 내려와아."

네 아이는 얼떨결에 기명에게 이끌려 옆 건물 1층에 있는 큰 카페로 갔다. 그래도 카페 테이블 위에는 참고서와 문제집이 어질러져 있었다.

"오빠, 스터디카페에서 공부하는 거 아니었어?"

보담이 은지를 바라보며 물었다. 그 어조에는 약간의 꾸짖음이 섞여 있었다. 남편이 공부해야 하는데 데리고 나와 노닥거리면 되느냐는 뜻도 조금은 담겼다. 그걸 제지하려는 듯 기명이 막아서며 너스레를 떨었다.

"여기서 공부도 했어. 그나저나 너희들 먹고 싶은 거부터 정해에. 내가 얼른 사 올게에."

기명은 아이들의 주문을 받아 음료수와 호기롭게 케이크까지 사 왔다. 은지도 같이 가서는 쟁반 하나를 들고 왔다.

"형, 솔직히 얘기해. 책은 그냥 펼쳐만 놓고 은지랑 놀고 있었지?"

모든 걸 알고 있다는 듯한 표정의 네 아이를 보자 기명은 어쩔 수 없다는 듯 이실직고했다.

"처음에는 오늘 하루 종일 열심히 공부하려고 나왔는데에, 하다 보니까 좀이 쑤셔서 은지랑 점심 먹고 여기서 이렇게 차 마시며 있었어어……."

"이제 들어가서 공부하라고 하고 나는 집에 가려는데 너희들한테 연락이 온 거야."

은지까지 나서서 둘러대자 재석이 한심하다는 듯이 말했다.

"형, 한 번 놀기 시작하면 계속 놀게 돼. 놀 때 놀더라도 공부하기로 정해 놓은 시간은 가능한 한 지켜야지."

"맞아, 나도 예전에 한 번 노니까 학원의 일주일 시험 대비 기간까지 그냥 놀았다고."

민성도 동조했다.

"미안해에."

"기명 오빠가 미안할 건 없어. 자기 공부인데. 우리는 그저 안타까울 뿐이야. 오빠한테 협조 안 하는 은지도 실망이고. 공부는 자기와의 약속이고 자기와의 싸움인데 그걸 못 견디

다니."

보담이 냉정하게 말했다. 하지만 더 이상 다그치는 건 의미가 없어 모두 입을 다물었다. 어색해진 분위기를 바꾸려는지 기명이 물었다.

"그래, 너희들은 웬일로 뭉쳤냐아?"

"내가 오늘 드론 자격증 따러 화성까지 갔는데 응원차 함께했지. 여기, 시험 통과해서 자격증이 나왔어."

민성이 자랑스러운 얼굴로 자격증을 꺼내 보여 주었다. 기명은 깜짝 놀랐다.

"야, 그럼 너 드론 촬영 기사가 되는 거야아? 방송국에서 드론으로 하늘에서 막 찍는 거 그거 할 수 있는 거야아?"

"당연하지. 일단 이것저것 다 준비해 놓으려고. 나도 이렇게 미래를 위해 공부하는데 형은 나보다 더 어깨가 무겁잖아. 공부는 미래의 나를 멋지게 만들기 위한 준비라고 나는 생각해."

"대단하다아."

기명은 말문이 막히고 더욱 부끄러워졌다. 은지도 얼굴이 붉어져 있었다. 까불이 민성이조차 이렇게 미래를 착실히 준비하고 있었기 때문이었다.

"은지야, 너는 오빠가 공부 안 하면 공부하라고 옆에서 독려해야지. 같이 망할래?"

보담이 부드럽지만 차갑게 말했다.

"미안해. 조금 쉬도록 한다는 게 그만."

그렇게 말해 놓고도 양심에 찔렸는지 금세 눈물이 그렁그렁해지는 은지였다. 향금이가 옆에서 한마디 더 했다.

"보담이는 오늘도 오고 가는 셔틀버스 안에서까지 공부했어."

그러자 은지는 풀 죽은 목소리로 상황을 설명했다.

"이게 어떻게 된 거냐 하면……."

자초지종을 들어보니 아침 일찍 아빠 엄마가 떡집에 가면서 집에 있으면 아기가 신경이 쓰여 공부를 못 할 수 있으니 아예 스터디카페에 가라고 기명에게 권했다는 것이다. 아무래도 그게 집중도가 더 높을 것 같아 기명은 책 보따리를 싸서 일찍 집에서 나왔다. 그러다 은지가 점심시간에 나와 노닥거리다 재석, 보담, 민성, 향금의 기습방문을 받은 거였다.

"할 말이 없다."

재석이 말했다.

"나 손모가지 자르게 생겼어."

"무슨 소리야아?"

내기를 했다는 말에 은지는 쥐구멍에라도 들어가고 싶은

심정이 되었다.

"내 손모가지를 잘라. 내 잘못이니까."

재석이 한숨을 쉬었다.

"형, 나도 사실 작가가 되겠다고는 하지만 계속 흔들리고 있어. 민성이도 흔들리니까 저렇게 다양한 노력을 통해 꿈을 확인하는 거야. 근데 대부분의 아이들은 목적 없는 공부를 하니까 공부가 싫어지는 건데 형은 목적도 분명하잖아."

"그렇지도 않아아. 사실 아버지가 떡집을 키우려면 대학 가서 체계적으로 경영학부터 공부하라는데 떡집을 물려받아야 할지 아닐지 생각을 아직 정하지 못했어어."

"그럼 빨리 목표부터 정해야지. 목표가 있으면 공부하는 데 굉장히 도움이 돼, 형."

보담도 말했다.

"오빠, 우리 할아버지는 내가 변호사가 되겠다거나 사회복지사가 되겠다고 꿈을 바꿀 때마다 그것에 대해 자세히 알려 줘. 그러니까 부모님과 좀 더 대화를 나눠 보는 게 좋아. 그게 효과적이고 장기적으로 공부에 영향력이 크니까."

"하지만 나는 대학에 못 가면 어떡하지 하고 걱정도 돼에. 아버지가 원하는 수준의 대학이 있는데 거기 경영학과에 못 가면 실망하실 것 같아서 걱정이야아. 이렇게 배려해 주시는

데에……."

기명이 속마음을 내보였다.

"그래서 실망시키지 않기 위해서 노력하는 거지. 노력하면서 사람들이 다 경쟁하는 거야."

학생들은 학교에서 보이지 않는 치열한 경쟁을 하고 있다. 그것을 자각하고 적극적으로 뛰어들어 열심히 하는 소수만이 경쟁에서 이길 수 있다. 하지만 대부분은 아무것도 모르고 어리버리 헤매다가 실패를 하게 되어 있는 구조다.

그나마 경쟁이 있음을 알고 어느 정도까지 노력한 사람은 일정 부분 성공을 거둔다. 목표를 가지고 노력해서 도전했던 경험은 나중에 다른 분야에 가서도 분명 경쟁력을 갖기 때문이다. 이것이 공부가 주는 효능이라면 효능이다. 한번 도전해 볼 만한 이유이기도 하다.

"형, 나도 계속 공모전에서 실패하고 있어. 열 번, 백 번 실패하지만 어쩌다 한 번씩 조그만 성공이라도 거두면 그걸로 또다시 용기를 내는 거라고. 부모님이 기대하지만 형이 성공한다는 보장이 없다는 거, 부모님께서도 잘 아실 거야. 과정에서 겪는 패배감과 실망감을 형이 이겨 낼 능력을 길러야지. 그래야 강해져."

재석의 말에 기명은 고개를 들지 못했다.

"그래, 그래서 요즘 계속 부끄러워하고 있어. 정말 최선을 다하고 있는지 반성하고 있기 때문이야."

"괜찮아, 오빠. 그런 마음을 딛고 이제라도 열심히 하면 돼."

향금이 옆에서 다독였다.

"은지야, 너도 꿈과 목표가 있을 거잖아. 아기 엄마로 그냥 인생 끝낼 거야?"

"아니야."

"그럼 너도 노력해야지. '지금도 적들의 책장은 넘어간다'는 명언도 있잖아. 다른 애들은 학원이나 스터디카페랑 독서실에서 열심히 공부하는데, 이렇게 노닥거리기나 하면 그 시간은 어떻게 해도 복구할 수가 없어. 오빠가 고2, 고3 올라가면 공부가 더 어려워질 텐데."

"나도 속상하다구. 흑흑!"

속에 있던 압박감을 호소하며 은지는 얼굴을 감싸고 흐느꼈다.

"어머."

보담과 향금이 당황해서 옆에서 은지의 등을 쓰다듬어 주며 위로했다. 남자애들끼리 계속 이야기를 나누었다.

"형, 경영학을 뭐 꼭 명문대에서만 배울 수 있는 건 아니잖아. 대학 차이로 인생이 바뀌는 건 아니라고 생각해. 명문대에 입학하지 못한다고 실패하는 삶은 아니야."

"맞아. 형! 나도 지금 방송 쪽으로 가려고 하는데, 이쪽은 특히 경쟁률이 높아서 좋은 대학을 가기는 힘들어. 그래서 관련 자격증도 따고, 공모전에 응모해서 나만의 경쟁력을 높이려고 노력하고 있어. 나는 학교 이름이 아니라 내가 어떤 걸 실질적으로 공부하는가가 중요하다고 생각해."

기명은 답답한 얼굴이었다.

"하지만 공부를 조금이라도 시작해 보니 부족한 게 더 많이 보여서 막막해지더라아. 부모님이나 선생님들이 기초, 기초 하면서 강조하던 말이 떠오르면서 과연 언제쯤 기초를 다질 수 있을지 불안해에."

"형이 불안해하는 건 이해하겠어. 하지만 자신감을 가져. 보담이나 호진이의 말을 들으면 복습을 잘하래. 학교에서 수업 들은 거 바로바로 그날 복습해서 머릿속에 새겨 넣어야 해. 공부 잘하는 애들 보면 복습을 많이 하더라고. 복습하는 습관만 유지하면 분명히 성적 올라."

"뭐 지름길이 없을까아? 지금 학원을 다니고 있는데 필요하면 과외도 하라고 아버지가 그러셨어어."

"내 생각에 형은 일단 기초가 없으니까 복습을 잘하는 게 먼저야. 그러면서 형이 잘할 수 있는 곳, 잘할 수 있는 시간에 공부하는 패턴을 만드는 거지."

"재석이는 언제 공부가 잘되냐아?"

"난 엄마 가게 가서 앉아 있으면 공부가 잘돼. 엄마가 열심히 일하시는 모습이 자극도 되고 마음이 편안해져서인 거 같아."

민성이도 빠질 수 없다는 듯 말했다.

"나는 사람이 많은 카페에 가면 공부가 잘돼. 시끄러운 거 같지만 나도 이곳에서 열심히 공부하면서 꿈을 이루려고 노력한다고 느껴져서 그래."

"나는 스터디카페가 그나마 잘되는 곳이기는 한 것 같은데에."

"그래도 은지랑 같이 다니지는 마. 다른 곳으로 가서 공부해. 붙어 있고 싶겠지만 당분간 떨어져 있는 게 좋아. 은지는 복교도 안 되었으니까 지금은 형이 먼저 공부를 열심히 해야 해. 은지 문제는 나중에 해결하더라도."

재석이 못 박았다.

"그래, 알았어어."

그렇게 그날 카페에서 이야기를 나누고 아이들은 헤어져 집으로 돌아갔다. 기명은 다시 스터디카페에 들어가 밤 열 시까지 공부하고 가겠다고 했다.

일단 놓아버린 공부를 다시 잡는 것은 놓친 말을 쫓아가 잡는 것과 같이 힘들다는 사실을 재석은 다시 한 번 깨달았다.

그날 수첩에 민성의 드론 시험과 기명의 방향 상실을 보고 〈목표 지향 공부법〉이라고 적었다.

전국연합학력평가 날짜가 나오다

전국연합학력평가(全國聯合學力評價), 줄여서 '학력평가' 시험 날짜가 발표되었다. 이는 학생들의 현재 학력을 알아보기 위한 모의고사로 하루 동안 주요 과목을 다 시험 친다.

여기서 나온 성적이 갈 수 있는 대학교 수준과 밀접하게 연관되어 있기에 날이 갈수록 학생들의 스트레스 지수는 쭉쭉 올라갔다. 선생님들도 수업 시간에 들어와 시험에 나올 문제들과 요점을 정리해 주었다. 이렇게 학교는 온통 긴장감에 휩싸였다.

그렇지만 자신이 노력할 생각은 하지 않고 학원에만 의존

하는 아이들이나 공부를 포기한 아이들은 여전히 학교에서 까불며 몰려다니고 수업 시간에 졸기도 했다.

재석 역시 날짜가 다가오자 스트레스가 몰려오는 것 같았다. 재석은 대학 수시 합격을 노렸다. 글쓰기 대회에서 성과를 많이 올려 대학 문예창작학과나 국어국문학과 같은 곳에 진학하는 것이 목표였다.

재석은 오늘도 책상에 앉아 공부를 하고 있었다. 그때 뜨개질 공방에서 돌아온 엄마가 문을 여는 소리가 들려 인사를 하러 현관 쪽으로 나갔다.

"재석아, 밥은 먹었니?"

"엄마, 다녀오셨어요?"

"지금 뭐하고 있었어?"

"참, 엄마도. 당연히 밥은 먹었고, 지금 시험 기간이라 공부하고 있었다고요."

"잘했다, 우리 아들."

엄마는 웃으며 씻으러 화장실로 향했다.

"그런데 엄마, 엄마는 왜 다른 집 엄마들처럼 더 열심히 공부하라고 잔소리를 안 하세요?"

문득 궁금해져서 물었다. 엄마는 뒤를 돌아 재석을 바라보며 진지하게 말했다.

"재석아, 엄마가 공부하라고 닦달하면 좋겠니?"

"아니요."

"그래. 그리고 요새 네가 알아서 잘하잖니. 엄마는 우리 아들 믿어."

"하지만 엄마, 공부를 오래전에 놓아서 다시 하려니 힘들어요. 성적도 잘 안 오르고."

"그렇지. 하지만 우리 아들이 조금씩 나아지는 게 보여서 엄마는 걱정이 안 된다."

엄마는 미소를 지으며 재석을 쳐다보았다.

"그리고 너에게 잔소리를 퍼붓는다고 해서 공부에 어떤 도움이 되겠니? 엄마가 옛날에 했던 공부와 지금 너희들이 하는 공부가 완전히 다르니 공부 방법을 알려 줄 수도 없고. 계속 외우고 문제 풀라고 하는 게 다일 텐데 지금은 그렇게 공부하는 게 아니잖아?"

"맞아요. 지금은 예전보다 더 어려워졌어요."

"당장의 성적표 따위로 우리 아들을 평가할 수는 없지. 옛날에 사고치고 다니면서 다치기나 하던 때에 비하면 지금 진로를 정해서 노력하는 우리 아들이 얼마나 고마운지 몰라. 결과보다는 노력하는 과정이 중요하단다."

엄마가 화장실로 들어가자 재석의 눈에서 눈물이 났다. 다른 엄마들은 공부와 성적 때문에 하루가 멀다 하고 자녀들과 싸운다는데 엄마는 이렇게 믿어 주니 고마우면서도 정말 잘해서 보답하고 싶다는 생각이 들었다.

순간 멘토인 김태호 선생이 재석이 공부를 고민하자 해준 이야기가 생각났다.

"선생님, 공부 잘하려면 무조건 외워야 하는 걸까요? 성적은 올려야 하는데 답답해요."

"재석이가 고민이 많구나. 지금의 공부법은 과거와는 많이 달라. 배운 내용을 정확히 이해하고 오래 기억해야 해."

"그게 어려워요. 배경지식이 없어서인지."

"무엇보다도 교과 내용을 이해해서 원리와 내용을 자기 것으로 만들어야지. 내가 국어 담당이라서가 아니라 요즘에는 모든 과목에서 시험을 잘 보려면 글을 읽고 이해하는 문해력이 높아야 해. 이를 통해 그동안 배운 정보와 연결해 답을 끌어내는 종합적인 사고를 해야 하지."

"맞아요. 수능에서도 문해력을 요구하는 문제가 많이 나온다고 하더라고요."

"그래. 수능형 문제는 특히 사고력을 묻기에 외운다고 맞힐수 없단다. 생각하는 공부가 중요해. 그래서 수업 시간마다 내가 말하잖니, 먼저 작품을 재미있게 읽고 즐긴 뒤에 생각을 해보라고. 주인공이 왜 그랬나, 이 사건은 왜 벌어졌나를 따져 봐야지."

말을 마치고 김태호 선생은 회의가 있다고 하면서 교무실로 들어갔다. 재석은 김태호 선생의 공부법을 〈원리 공부법〉이라 기록했다.

재석은 생각하는 공부를 해본 적이 없었다. 그것은 민성이나 기명도 마찬가지였다. 재석은 답답한 마음에 기명에게 문자를 보냈다.

> 시험공부 계획은 잘 짜고 있어?

> 야, 시험까지 남은 시간을
> 어떻게 활용해야 좋은 거냐?
> 시간 활용법 좀 알려 줘라, 재석아.

> 형, 나도 누구를 가르쳐 줄 처지가 아니라서.

재석은 답답했다. 공부를 좀 더 열심히 해서 자기 성적도 올리고 어려움에 처한 기명이 형도 도울 수 있으면 얼마나 좋을까 싶었다. 다시 한 번 시험공부 계획을 짜려고 다이어리를 펼치니 한숨만 나왔다. 그때 전교 일등 호진이가 떠올랐다.

'그래, 호진이에게 좀 물어보자.'

같은 학교를 다니고 같은 시험을 보는 우등생에게 도움을 받는다면 공부하는 데 훨씬 효율적일 것 같았다. 재석은 호진이에게 재빨리 문자를 보냈다.

> 호진아, 이번 시험 계획표 짜는 것 좀 도와줘.
> 기명이 형도 어떻게 계획을 짜야 할지
> 모르겠대. 너는 계획표 짜는 비법 같은 거 있냐?

잠시 뒤 호진이의 답문자가 왔다.

> 늦어서 미안.
> 내가 도와줄게.
> 내일 점심시간에 잠깐 이야기해.

재석은 사막에서 오아시스를 만난 기분이었다. 당장 호진이의 답장을 민성과 기명이 있는 단톡방에 전달했다. 그러다 향금이는 어떻게 하고 있을까 궁금해졌다. 보담에게 오지랖 넓게 향금이를 부탁하기로 했다.

> 보담아, 향금이에게도
> 시험공부 계획표를 짜 주는 게 어때?
> 우리는 호진이라고
> 전교 일등 하는 애가 짜 주기로 했어.

> 나도 호진이 알아.

> 네가 호진이를 안다고?

> 응, 초등학교 때 같은 학교 영재반이었어.
> 공부 잘하는 애야.

재석은 까맣게 모르던 사실이었다. 호진이에게 다시 문자
를 보냈다.

> 너 혹시 보담이라고 아니?
> 안월초등학교 나왔다는데.

얼마 후 호진이에게서 문자가 왔다.

보담이 알지. 네 여친이 그 보담이야?
어쩐지 이름이 특이해서 같은 사람 아닌가 싶었지.
보담이는 정말 똑똑한 수학 영재였어.

그랬구나. 야, 세상 이렇게 좁을 수가.

재석이 너는 역시 행운아다.
보담이 그때 남자애들 사이에서
엄청 인기 좋았는데.

　공부 잘하는 호진이와 보담이가 옛날에 아는 사이였다는
말에 재석은 조금 기분이 묘해지기도 했다.

우등생에게는 공부 습관이 있다

　점심시간, 급식을 받고 자리에 앉자마자 재석은 몇 분 만에 밥을 들이마시듯이 먹어 치웠다. 1학년 자리 쪽에서도 기명이 일어나는 것이 보였다. 손짓으로 사인을 보낸 뒤 수백 명이 동시에 식사하느라 시끄럽고 정신없는 급식실을 서둘러 빠져나와 재석, 민성, 기명 세 아이는 등나무 밑으로 갔다.

　잠시 후 호진이가 미간에 인상을 쓰고 나타났다. 동그란 안경을 쓴 하얀 얼굴이 오늘따라 더 하얗게 떠 보였다.

　"왜 그래?"

　"소화가 잘 안 돼."

"그럼 소화제를 먹어야지."

"이게 고3병이래. 앉아서 공부를 계속하고 또 과도한 스트레스를 받으니까 위장에서 위산이 과다하게 분비되는 거야. 소화제가 아니라 제산제를 먹어야 해."

이 세상에 공짜는 없었다. 호진이는 아직 3학년이 되지도 않았는데 이런 병이 생겼다. 역시 공부하느라 각자의 방식으로 대가를 지불하고 있었던 거다.

"됐어. 얼른 이야기를 끝내자. 나는 공부하는 습관이 몸에 배었어. 그래서 내 시험공부 계획을 그대로 따라 하면 너희에게는 도움이 별로 안 될 거 같아."

"아이고, 그 공부 습관이라는 거 도대체 어떻게 해야 생기는 거냐?"

"오랫동안 지켜 나가면 생기지. 단시간에 만들 수는 없어. 내가 볼 때 공부 잘하는 아이들은 몇 가지 공부 습관이 있는 거 같아."

재석은 한 마디도 놓치지 않으려고 수첩에 적으면서 호진이의 말을 들었다.

"첫 번째는 계획을 세우고, 한 번 세운 계획은 하늘이 두 쪽 나도 끝까지 지키는 거야."

"와, 대단하다!"

계획을 지킨다는 것은 정말 쉬운 일이 아니다. 대부분의 학생이나 어른은 계획을 잘 세우지 않을뿐더러 그걸 지켜 내지 못한다.

"대단한 거 아니야. 그러니까 무리하지 않는, 할 수 있는 계획을 세우는 것이 중요해. 욕심만 내서 말도 안 되는 계획을 세우면 당연히 지킬 수 없지. 공부 잘하는 아이들은 대개 현실적인 계획을 세워. 하루에 내가 몇 시간을 공부할 수 있고 그 시간 내에 무엇을 얼마나 할 수 있는지 없는지 양을 가늠해. 공부 못하는 아이일수록 의욕적으로 도전하지만 첫날부터 계획표를 못 지켜 나가떨어지고 그러면서 자포자기하는 거야. 그래서 작심삼일이라는 말이 나온 거지."

작심삼일을 숱하게 경험해 온 세 사람은 슬그머니 얼굴을 붉혔다.

"학교 다닐 때는 어떻게 하냐? 숙제도 해야 하고, 학원도 다녀야 하니까……."

"그 중간중간 남는 시간까지 알뜰하게 활용하는 거야. 나는 뭐 이십사 시간짜리 계획을 세우는 줄 알아? 아침에 학교 와서 삼십 분, 점심시간에 삼십 분, 집에 가는 동안에 삼십 분. 이런 식으로 쪼개서 계획을 세우고 그걸 실천하는 편이지."

"그럼 오늘 점심시간도 사실은 귀한 시간이었겠구나."

재석이 미안하다는 투로 말했다. 호진이의 시간을 빼앗은 꼴이 되었기 때문이다.

"괜찮아, 이 정도는. 네 연락 받고 오늘 계획 수정했어."

아이들은 호진이의 주도면밀함에 혀를 내두를 지경이었다.

"두 번째는 집중력이야. 모든 사람에게는 공평하게 이십사 시간이 주어져. 공부 잘하는 애들이나 못하는 애들이나 거의 다 공부한다고 시간만 나면 책상 앞에 앉아 있지. 그래서 공부에 쓰는 시간은 차이가 별로 안 나. 하지만 책상 앞에 앉아 있는 시간으로 등수가 결정되지 않잖아?"

"그렇지."

"그래, 그래서 집중력이 중요한 거야. 공부할 때는 최선을 다해서 집중하고 일어나는 순간 싹 다 집중력을 푸는 거야."

민성이 혀를 내둘렀다.

"와, 놀랍다!"

기명은 자신을 돌아보았다. 하루 종일 스터디카페 가서 공부한다고 자리 잡고 있었지만 정작 잡생각과 부산함으로 공부를 제대로 하지 못했던 모습이 떠올랐다. 그나마 옛날보다는 많이 나아지고 있어서 위안이 되었다.

"세 번째는 쉬는 시간을 정확히 지키는 거야. 공부하려면 적절한 휴식이 반드시 필요해. 공부벌레들이 눈만 뜨면 책을 볼 거 같지만 그렇지 않아. 공부 끝나고 목표를 달성하면 쉬기도 하고, 운동도 하고, 게임도 해. 텔레비전도 보지. 내가 듣기로는 고청강 작가님은 고등학교 때 학교 갔다 오면 일단 초저녁잠부터 잤대. 두 시간 정도 자고 일어나서 맑은 정신으로 밤늦게까지 공부했다고 하셔."

"와, 좀 자고 다시 일어나서 공부한다니, 장난 아니다. 중간에 깨기 힘든데……."

"그러니까. 분명한 점은 쉴 때는 쉬고 공부할 때 확실히 공부한다는 거야. 집중 잠깐 하고 앉아 있다가 '아, 쉬어야지' 하고서는 텔레비전을 보거나 누워서 내처 자버리는 아이들도 있잖아."

"내가 그랬어. 내가 뻑하면 그랬지."

재석이 도둑이 제 발 저린다고 먼저 고백했다. 기명도 격하게 고개를 끄덕였다.

"나도 그냥 책상에 엎어져서 아침까지 잔 적이 많아아."

"그건 다 잘못된 습관 때문이야. 절도 있는 삶을 살아야 공부가 되는 거야. 마지막으로, 공부하는 양을 확실히 확인하는 거야. 오늘 나는 뭘 했는가, 문제는 몇 개 풀었고, 참고서는 몇 페이지 보았는가 파악하는 거지."

호진이의 말은 다 일리가 있었다. 재석이 고개를 끄덕이며 물었다.

"깜지를 만드는 건 어떠냐?"

"괜찮아. 이만큼 내가 공부해서 까맣게 종이를 만들었구나하고 자신감이 생겨. 단순암기에 쓰는 거라 크게 공부 효과가있는 거 같지는 않지만 뭔가 했다는 뿌듯함을 주지. 공부한양을 기록해 놓는 것도 마찬가지야. 문제집 몇 페이지, 교과서 몇 페이지, 숙제 끝낸 것, 그리고 학원에서 뭘 배웠는가 이런 것을 자꾸 기록하다 보면 그 양을 늘리고 싶어져. 그렇게늘리다 보면 공부하는 습관이 들고 더 큰 목표가 생기지."

호진이의 위대한 강의였다. 그렇게밖에 달리 표현할 수 없었다. 호진이가 전교 일등인 건 그냥 된 것이 아니었다. 피땀나는 노력의 결과였다. 그러니 공부 잘하는 아이들이 좋은 직업을 차지하는 것에 이의를 제기할 수 없는 심정이었다.

"아, 역시 우등생은 다르구나."

"이건 우리가 다 해야 할 일들이야."

호진이의 말을 수첩에 정리하면서 세 아이는 모두 고개를끄덕였다. 결국 공부는 자신과의 싸움이었고 지구전, 마라톤이었다. 쉽게 지치면 안 되는 거였다. 남는 시간 동안 호진이는 시험공부로 무엇을 어느 정도 하라는 식으로 세 아이의특성에 맞게 윤곽을 잡아 주었다.

"너는 이대로 학원 입시 컨설턴트 해도 되겠다."

재석이 경이롭다는 눈빛으로 바라보자 호진이는 고개를 저었다.

"아니야. 나는 그저 다양한 공부 방법을 다 시도해 봤을 뿐이야. 공부는 사람의 성격에 따라 다른 방법이 필요한 것 같아. 집중력이 좋은 사람과 안 그런 사람, 싫증을 잘 내는 사람과 그렇지 않은 사람에 따라 조금씩 스타일을 달리해야지."

재석은 문득 호진이도 보담이처럼 일등만이 가지는 고뇌로 괴로워하지 않을까 궁금했다.

"너도 일등 놓치면 막 고민하고 그러냐?"

"왜 아냐? 나도 중학교 때는 전교 일등을 몇 번 못 했어. 그러다 고등학교 올라오면서 정신 바짝 차려야겠다고 생각하면서 노력하다 보니까 이렇게 된 거야. 학원을 많이 다니고 비싼 과외 받는 아이들과 비교해서 내가 할 수 있는 일은 수업 내용을 완전히 내 걸로 만드는 거라고 생각했어. 어차피 시험 문제는 학교 선생님이 내잖아. 그래서 나는 수업 시간에 선생님이 말씀하시는 걸 토씨 하나 빠뜨리지 않고 적으려고 노력해. 공부에 왕도는 없다고 생각하고는 수업이 끝난 뒤 집에 가면 그 필기한 걸 종이 한 장으로 압축하고 압축한 걸 다시 또 줄여. 그렇게 하다 보면 정말 핵심만 남거든."

듣고 있던 아이들은 모두 입을 벌렸다.

"그렇게까지 해야 하는 거야?"

"이렇게 안 하면 다른 아이들한테 밀릴 거라는 강박관념이 있는 것 같아. 고치려고 해보지만 잘 안 돼."

"와, 어떻게 수업 시간에 배운 것을 하나도 안 빼고 다 정리할 수 있냐?"

"그건 모든 잡생각을 없애고 수업에 집중하기 때문이야. 너희들 게임할 때 초집중하잖아. 옆에서 말하는 것도 안 들리고……. 나는 수업 시간에 그렇게 해. 이 수업이 게임이라고 생각하고 한 마디라도 놓치면 나는 적에게 죽는다는 가정을 하는 거야. 처음엔 힘들었는데 다른 친구들이 나를 이기기 위해 공부한다고 생각하면 정신 집중이 잘되거든. 그래서 약도 먹는 거 같아."

"너의 적은 최동주, 양희철, 정기웅 이런 애들이지?"

전부 전교 상위권에서 호진이와 자웅을 겨루는 아이들이었다. 호진이는 고개를 끄덕였다.

재석은 씁쓸했다. 공부 잘하는 아이들도 결코 학교생활이 행복하거나 즐거운 것만은 아니었다. 남들보다 더 많은 노력을 퍼붓고 있었다.

"그렇게 필기한 걸 보면 수업 시간이 다 떠올라. 그럼 수업을 재현할 수 있지. 내가 필기한 걸 보고 있으면 그 수업을 다시 녹화했다가 보는 것 같아. 필기는 나의 기억보다 뛰어나거든. 필기만이 나의 구원의 길이라고 생각해."

"너 제정신이 아니다. 쯧!"

옆에서 민성이 혀를 차며 말했다.

"맞아. 좀 그런 것 같아. 하지만 몇백 명 중에 일등을 한다는 건 제정신으로 할 수 있는 일이 아니지. 목적을 이루려면 미쳐야 한다는 말이 있잖아. 나는 그 말을 신조로 생각해. 내가 최고로 공부에 미치면 전교 일등은 따라오는 거니까."

그날 점심시간, 호진이의 멘토링으로 그 어느 때보다도 알찬 시간을 보냈지만 한 편의 호러 영화를 본 듯한 느낌도 지울 수는 없었다. 재석의 수첩에는 새로운 〈필기 공부법〉이 기록되었다.

다들 공부 잘하고 있지

야자를 마치고 재석이 집에 들어간 시간은 열 시가 넘었다. 피곤한 몸으로 오늘의 공부 계획을 떠올리고 있는데 거실에서 텔레비전을 보던 엄마가 맞아 주었다.

"아들, 공부하느라 고생 많지?"

"네, 엄마."

가볍게 눈만 마주치고 화장실에 들어가 피곤한 몸을 따뜻한 물로 적시며 샤워하고 나오자 엄마가 과일을 깎아 놓은 접시를 들이밀었다.

"오늘도 공부할 거지?"

"네, 커피 한 잔 타 먹고요."

"커피 너무 많이 마시면 안 좋은데."

"공부할 게 많아서요."

엄마가 뜨거운 물에 믹스커피를 타서 주면서 말했다.

"오늘 낮에 변호사님이 공방에 들렀다 가셨다."

"누구요? 변 변호사님요?"

"그래, 그 변호사님."

"아, 어쩐 일로 가게를?"

"지나다 들렀다고 하시면서 너 잘 있냐고 물어보더라."

그러고 보니 변변과 연락한 지도 오래되었다는 생각이 들었다. 그래도 잊지 않고 엄마의 가게에 들렀다니 반가웠다. 관심을 갖고 봐주는 변변이 고마워 재석은 문자를 보냈다.

> 변호사님, 늦은 시간에 죄송해요.
> 오늘 어머니한테 들렀다는 말씀 들었습니다.
> 요즘 학력평가 준비 때문에 바빠요.

오 분도 안 돼 전화가 울렸다.

"재석이니?"

"안녕하세요? 바쁘실 텐데 어쩐 일로 저희 어머니에게 들르셨어요?"

"너 공부 열심히 하나 궁금해서 갔지. 은평구에 상담하러 갔다가 너희 어머니 공방이 그 부근에 있다는 게 생각나서 인사도 할 겸. 공부하느라 힘들다고?"

"네, 변호사님. 변호사님은 공부 잘하셨죠?"

"하하하. 좀 했지."

"공부 잘한 의사, 변호사들이 부러워요."

"재석이가 공부가 힘든 모양이구나."

변변은 바로 눈치챘다.

"진작 좀 했어야 하는데 너무 늦은 거 같아요."

"괜찮아. 나도 변호사 시험 열 번 만에 붙었어."

"정말요? 공부 잘하셨을 거 아니에요?"

"고등학교 때 공부랑 변호사 공부는 뭐 좀 비슷한 점도 있기는 한데 하여간 달라. 그건 나중에 얘기하고 공부할 때 틀린 문제를 다시 확인하는 오답 공책 만들기도 중요하단다."

"오답 공책이요?"

"그래. 그래야 다시 안 틀리잖니. 그냥 채점만 하고 넘어가지 말고 틀린 걸 꼭 다시 공부해야 해."

그렇게 변변은 재석에게 간단한 공부 조언을 해주고는 전화를 끊었다. 재석은 커피 한 잔을 마시자 피로가 조금 가시는 거 같았다. 엄마는 텔레비전을 조금 보다가 잠들 것이 뻔했다. 내일 또 나가야 하기 때문이다.

볼륨을 낮추고 텔레비전을 보는 엄마를 뒤로하고 방에 들어와 재석은 책상 앞에 앉았다. 재석은 조금이라도 노력해서 성적을 올릴 수 있는 과목을 집중적으로 공부했다.

오늘의 계획은 인강 듣기였다. 호진이가 인강을 잘 활용하면 도움이 된다는 말을 했기 때문이었다.

'복습하면서 문제집 푸는 일은 정말 괴로워. 그럴 때는 인강을 들어 봐.'

'인강?'

'응. 다른 애들도 많이 듣는데, 인강 듣기는 참신한 면이 있어. 나도 인강 도움을 많이 받아.'

재석도 인강을 듣기 시작했는데 확실히 혼자 공부하는 것보다는 수고가 많이 줄었다. 전문 강사들이 학생들이 무엇을 어려워하고 힘들어하는지 알고 짚어 주기 때문이었다. 게다가 중요한 대목도 꼭꼭 찍어 주었다. 영상세대인 재석과 민성 등은 인강 듣는 것이 아주 편했다.

또 인강 강사들은 좋은 이야기도 많이 해주었다. 역사 선생님은 중간중간에 쓴소리도 해주어 자극이 되었다.

"《삼국지》라든가 중국의 고전을 보면 맨 전쟁 이야기야. 그게 뭘 뜻하겠어? 중국은 전쟁으로 큰 나라야. 전쟁을 불사한 다는 뜻이지. 그래서 우리나라에도 엄청 쳐들어온 거야. 우리 땅이 어디에 있어? 중국 옆에 붙어 있어. 이 나라 위치가 바뀌지 않는 한 우리는 중국에게 계속 시달리겠어, 안 시달리겠어? 작은 나라가 수천 년을 버틴 건 뭐야? 우리가 정신 바짝 차리고 실력을 갖추려고 노력했기 때문 아니겠어? 역사를 공부해서 역사의식을 가져야 내가 지금 어디서 와서 어디로 가고 있는가, 이런 걸 깨닫는 거야. 공부 안 하는 녀석들은 나라를 갉아먹는 녀석들일 수도 있어."

개그톤으로 말했지만 정신이 번쩍 들었다.

인강은 무엇보다 접근성이 좋았다. 언제 어디서든 접속이 가능해 남는 시간에 활용할 수 있다. 문제는 집중하든 하지 않든 계속 강의가 돌아가니 마치 공부를 다 한 거 같은 느낌이 든다는 점이었다.

재석은 인강을 듣고 문제집을 풀었을 때 자신이 아는 내용이 반도 안 되는 경우가 많다는 것을 깨달았다.

'아, 이래서 복습이 중요하구나.'

절대 인강이나 학원 수업으로 공부했다는 착각에 빠지면 안 되었다. 결국 실력은 스스로 공부하고 스스로 문제를 푸는 자기주도학습으로만 쌓을 수 있다.

그 뒤로 인강은 학교 다녀와서 피곤할 때 한 타임 정도 듣는 걸로 마무리하기로 했다.

인강 하나를 듣고 나서 재석은 친구들이 공부를 잘하고 있는지 궁금해 문자를 보냈다. 맨 처음은 보담이었다.

공부 잘되고 있어?

응. 자투리 시간에 하는 작은 미션을 지금 다섯 개째 하고 있어.

역시 보담이었다. 보담이는 자투리 시간 활용에 귀재였다. 오 분 단위로 계획을 짜놓은 것도 보았다. 부라퀴가 보내 주는 자동차를 타고 학원으로 이동할 때 해야 할 공부들까지 정해 놓은 걸 보고 놀란 적이 있었다. 시간은 금이라는 것을 보담은 누구보다 잘 알았다. 재석은 이번에는 민성에게 보냈다. 호진이와 이야기를 나눈 후 민성도 공부를 열심히 했다.

보담이는 지금 자투리 미션 계속하고 있대. 넌 뭐하냐?

나? 난 지금 영상 보는데.

공부 안 하고 영상을 본다고?

잠깐 쉬려고.

언제부터 봤어?

삼십 분 지났네.

야, 아무리 영상 보는 것도 중요하다지만 지금은 공부하자.

기명에게도 문자를 보냈다.

재석아, 나 공부하고 있어.
걱정 없다.

또 노닥거리는 거 아니야?

아니야, 이제 더 이상 부끄러운 짓 안 한다.

기명은 정신을 조금은 차린 거 같았다.

학력평가 시험을 보다

4월 26일, 오늘은 학력평가 날이다. 학교에 등교하는 아이들의 얼굴이 모두 누렇게 떠 있었다. 재석과 민성도 하품을 연신 베어 물며 교문을 들어섰다. 1교시 시험 과목은 문학이었다. 책을 들고 읽으며 걸어오는 아이들이 제법 보였다.

"자식들, 진작 좀 하지."

민성이 주머니에 손을 꽂은 채 건들거리며 걸었다. 재석 역시 교과서를 펼쳐서 읽으며 걷는 중이었다.

"야, 해가 서쪽에서 뜨겠다. 천하의 재석이가 공부하면서 걷다니."

"어떡하냐? 어젯밤에 나 깜빡 잠들었어."

재석은 후회막심이었지만 어쩔 수가 없었다. 이내 마음을 내려놓았다. 그나마 첫 시험이 문학이라는 것이 다행이었다.

"시험 문제가 어떻게 나오려나."

기지개를 켜며 재석은 교실로 들어갔다. 자리를 잡고 앉자마자 국어 참고서에서 틀린 오답들을 다시 한 번 확인하기 시작했다. 문장 수사법이나 단어, 한자 등 기출문제와 보충교재 중에 틀렸던 것들도 점검했다.

그나마 재석이 성적을 올릴 수 있는 과목이 문학이었다. 김태호 선생이 좋아서이기도 했지만 작가를 꿈꾸는 재석이기에 아무래도 문학 공부에 많은 시간을 할애했기 때문이다.

"재석이는 좋겠다."

"왜?"

"네가 국어는 잘 보잖아. 나는 세계지리나 잘 보려고."

"그래."

민성의 꿈은 전 세계를 다니며 영화 촬영을 하는 것이어서 세계지리 성적이 나쁘지 않았다. 게다가 암기과목이니 조금만 암기해도 성적이 나온다고 민성이 늘 자랑하곤 했다.

잠시 후 교실 문이 열리더니 학생주임 미친개가 들어왔다.

"얘들아, 모두 다 책 집어넣어라. 시험 봐야지."

그렇게 해서 학력평가 첫 과목 시험이 시작되었다. 재석은 문제지를 받아 들자 일단 빠르게 무슨 문제와 어떤 지문이 나왔나 훑었다. 두어 개 지문은 익숙했다. 하지만 하나가 처음 보는 지문이었다.

'일단 문제부터 읽자.'

재석은 문제부터 먼저 보고 지문의 정해진 곳을 찾아가 읽었다. 출제의도를 알고 읽어야 시간 절약이 되기 때문이었다. 전에는 순서대로 지문을 다 읽고 문제를 풀었다. 그 때문에 항상 시간이 모자랐다. 그런 재석에게 제한된 시간에 문제를 풀려면 지문 먼저 보면 안 된다고, 문제부터 읽고 지문을 보라고 보담이 말해 주었다.

그 말이 처음에는 이해가 되지 않았지만 나중에 익숙해지니 요령이 생겼다. 다만 문제를 보고 지문을 보는 데에는 전제 조건이 있었다. 지문 내용에 배경지식이 있어야 했다. 다시 말해 독서를 통해 쌓은 지식이 있어야 지문도 정확하게 이해하고 그 뒤 문제를 풀 수 있다는 말이었다. 배경지식이 없으면 같은 글을 읽어도 의미가 다르게 전달되고 그로 인해 이해도도 달라진다.

마지막 과목인 영어 지문 중 하나는 운 좋게도 운동에 관한 내용이었다. 운동이라면 누구에게도 뒤지지 않는 재석은 문제를 보고 이미 답을 짐작할 수 있었다.

벨이 울리자 감독 선생님은 시험지와 답안지를 걷어서 정리해 나갔다. 잠시 후 담임이 들어와 말했다.

"애들아, 수고 많았다. 오늘은 집에 가서 푹 쉬어라. 내일 보자."

내일부터는 다시 야자가 시작되니까 미리 쉬어 두라는 뜻이었다. 담임이 나가자 아이들이 책상과 걸상을 끄는 소리가 교실에 가득했다.

민성이 다가와 물었다.

"시험 잘 봤어?"

"아니, 영어는 운동 지문만 좀 이해하고 나머지는 어렵더라."

재석은 기초가 없어서 영어나 수학에 늘 약한 모습을 보였다. 특히 영어가 그랬다.

"아직 대학 입시까지는 시간이 꽤 남았으니까 꾸준히, 열심히 공부하자."

아이들은 서로 답안을 맞춰 보느라 난리였다. 호진이도 가방에서 교과서를 꺼내 이것저것 뒤져 보면서 자신이 쓴 답안이 맞는지 확인하고 있었다.

"호진아, 집에 안 가냐?"

"어, 가야지."

호진이는 고개를 끄덕이더니 시험지를 가방에 넣었다. 전교 일등과 같이 교실을 나오자 재석은 웬지 자신도 모범생이 된 거 같은 느낌이었다.

옆 반 정기웅이 복도에서 호진이를 보고 물었다.

"시험 잘 봤냐?"

"별로야. 너는?"

"나도 그저 그래."

두 아이는 이렇게 말하고는 쿨하게 헤어졌다. 기웅이는 호진이와 전교 일등을 다투는 라이벌이었다. 그렇지만 둘의 만남은 싱거웠다. 계단을 내려가면서 재석이 물었다.

"호진아, 너희들이 별로라는 건 문제 한두 개 틀렸다는 거냐?"

"뭐 그렇지. 실수라는 게 있는 법이니까."

민성이 호진이의 어깨를 두들기며 물었다.

"호진아, 시험도 끝났는데 우리랑 같이 뭐 먹고 가지 않을래?"

"나 학원 가야 하는데?"

"아, 너 또 학원 가는구나?"

재석은 과거 호진이가 멘토링해 준 게 기억났다.

"너 쉴 때는 확실하게 쉬어야 한다며?"

"어, 그렇긴 한데 학력평가 끝난 거 가지고 학원에서 또 오답 테스트하거든."

"시험 본 날 바로?"

"그래야 기억에 더 확실히 남으니까. 나 먼저 간다."

호진이가 서둘러 떠났고 재석과 민성은 천천히 운동장을 가로질러 교문을 향해 갔다. 그때 저만치에서 기명이 달려왔다.

"재석아아! 시험 잘 봤니이?"

"형, 형은 어땠어?"

"잘 봤어. 시험지만 잘 봤다아."

기명이다웠다. 그런데 기명의 눈이 빨개져 있었다.

"아니, 왜 그래?"

"시험 보느라고 눈을 마구 비볐더니 잘 안 보여어. 하하하!"

민성이 그런 기명을 놀렸다.

"천하의 기명이 형이 시험 잘 치려고 눈이 빨개지도록 문제를 보다니. 《기네스북》에 오를 일이야."

"그러게 말이야아."

기명이 멋쩍은 듯 뒤통수를 긁적였다. 학교를 나와 기명이 말했다.

"얘들아. 뭐 먹고 가자아. 우리 시험 치느라 고생했으니까 짜장면 사 줄게에."

"아유, 학력평가 가지고 짜장면이면 중간고사에 돼지갈비, 수능시험에는 소갈비일 것 같아."

"하하, 그렇게 하자아!"

학교 앞 중국집 용궁에 재석이 일행이 자리를 잡고 앉았다. 탕수육에 짜장면과 짬뽕이 나오자 점심 먹은 지 얼마 안 됐지만 세 아이는 다시금 전투적으로 다 먹어치웠다. 불타는 청춘이란 먹고 돌아서면 바로 허기가 지는 것인지 모른다.

탕수육을 맛나게 썹으며 기명이 말했다.

"야, 나 사실 요즘 은지랑 사이가 안 좋아아."

"그게 무슨 말이야?"

"은지랑 나랑 대화가 별로 없어어."

이건 의외의 말이었다. 은지와 전에 부부싸움을 한 건 알지만 사이가 안 좋다니 걱정이 되었다.

"형이 뭐 잘못한 거 아냐?"

"아냐, 그런 것 없어. 갑자기 바뀌었어어. 그전에 나에게 관심을 백을 주었다면 지금은 오십도 안 되는 것 같아아. 집에 가면 자기 방에 못 들어오게 해에. 문손잡이도 바꿔서 열쇠 없이는 열 수도 없어어."

"형 공부하라고 그러는 거 아냐? 아니면 사춘기가 늦게 와서 자기만의 프라이버시라도 지키고 싶어졌나 보지."

아이들은 모여서 공부한다고 최근에 기명이네 집에도 가 보았다. 예전에는 부모님과 빌라의 한집에 살았지만 기명이가 공부에 집중할 수 있도록 아예 아버지는 빌라 아래층 한 채를 내주었다. 그래서 빌라 꼭대기 층 집에서는 아버지와 어머니, 할머니가 하늘이를 돌보며 지내고 기명과 은지만 이사했다. 방 세 개에 거실이 있는 넓은 집으로 기명과 은지는 작은 방 두 개를 각자의 공부방으로 썼다. 그런데 은지가 공부방에서만 지낸다고 했다.

재석은 부부가 각자의 방에 틀어박히면 관계에 금이 가고, 한 번 그렇게 되면 돌이키기 힘들다는 걸 문학작품을 많이 읽어 알았기에 걱정스러웠다.

"나 몰래 뭘 하는 거 같은데 못 물어보겠어."

"부모님은 뭐라셔?"

"그냥 니들이 알아서 하래. 나도 공부하느라 신경을 많이 못 써."

부부의 세계는 알 수가 없기에 재석과 민성은 더 이상 말없이 음식을 먹고 일어섰다. 기명과 함께 중국집을 나와서 지하철역으로 가는 길에 아이들이 한쪽 골목에 웅성거리고 있는 것이 보였다.

"어, 쟤네들 뭐야?"

재석이 다가가자 아이들이 비켜 주었다.

"뭐냐?"

골목 안을 들여다보니 현규가 누군가의 멱살을 잡고 뺨을 치고 있었다.

"이 자식아!"

맞고 있는 아이는 민석이었다. 전에도 학교 계단에서 둘이 미묘한 분위기였던 것을 목격한 게 기억났다.

"야, 너희들 뭐냐?"

재석이 나타나자 현규가 돌아보다 흠칫 놀랐다. 하지만 단호한 표정으로 말했다.

"재석이, 너는 갈 길 가라."

그러나 옆에 민성과 기명까지 있는 걸 보자 현규는 잡고 있던 민석의 멱살을 스르르 놓았다. 재석은 불현듯 오늘이 시험을 본 날임을 깨달았다. 현규에게 다가서며 재석이 물었다.

"현규야, 너 지금 시험 답안지 안 보여 줬다고 이러는 거지?"

"아니야, 아냐."

뭔가 들통났다는 듯한 느낌으로 현규는 부정의 말을 하고는 비실비실 도망가려 했다. 재석이 현규의 어깨를 붙잡았다.

"잠깐 기다려 봐."

"아니라구, 이 새끼야!"

왼쪽 어깨를 붙잡힌 현규는 순간 번개처럼 돌아서더니 오른쪽 주먹을 재석의 얼굴에 꽂아 넣었다. 재석의 눈앞에 불똥이 퍽 떠올랐다 사라졌다.

현규는 왜 커닝을 하려는 걸까

"너 이 자식, 거기 안 서?"

골목길을 벗어나 뛰는 현규를 쫓아 재석이 달려갔다. 현규는 재석이 쫓아오는 것을 보자 발에 모터라도 달린 것처럼 부리나케 도망쳤다.

얼마간 쫓아가던 재석은 순간 멈추어 섰다. 이대로 쫓아가서 녀석을 붙잡아 두들겨 패면 도로 과거의 재석이 되는 거였다. 그토록 벗어나려고 애썼던, 주먹 휘두르는 것만 알던 일진이었던 그 못난 재석으로 돌아가는 거였다.

재석은 등 뒤로 시선이 느껴졌다. 고개를 돌렸더니 많은 아이가 자신을 보고 있었다. 시큰거리는 왼쪽 뺨을 문지르며 재석은 씩 웃었다.

이건 아니었다.

재석은 자신이 읽은 수많은 작품에서 주인공들이 화를 삭이는 모습을 떠올렸다. 어떤 작품에서는 화가 나고 분이 풀리지 않자 자기 자신과 육체를 분리했다. 유체를 이탈하여 일 분 뒤에 어떤 일을 하고 있을지 상상해 보는 거였다. 《아Q정전》에서 아Q는 뺨을 맞고도 이렇게 자신의 감정을 억누른다.

그러나 그는 금세 패배를 승리로 바꾸어 놓았다. 그는 오른손을 들어 자기 뺨을 힘껏 연달아 두 번 때렸다. 얼얼하게 아팠다. 때리고 나서 마음을 가라앉히자 때린 것이 자기라면 맞은 것은 또 하나의 자기인 것 같았고, 잠시 후에는 자기가 남을 때린 것 같았으므로 비록 아직도 얼얼하기는 했지만 만족해하며 의기양양하게 드러누웠다.

일 분 뒤 현규를 쫓아가서 두들겨 패고 있을 자신과 그 다음 문제가 발생해 급기야 실망할 엄마를 떠올렸다. 더 나아가 경찰이 오거나, 역시 재석은 변하지 않았다는 선생님들의 평가를 들을 자신의 가까운 미래를 생각했다.

그냥 정신적으로 현규를 붙잡아 늘씬하게 패 주었다고 생각하자 꽉 쥐었던 주먹이 스르르 풀어졌다.

활극이 벌어질 줄 알고 기대했던 구경꾼 아이들은 모두 조용히 재석의 눈치만을 살폈다.

"야! 가던 길 가라."

재석은 맞아서 얼굴이 벌겋게 부어오른 민석에게 다가 갔다.

"괜찮냐?"

"응. 괜찮아. 고마워, 재석아."

"너도 맞았잖아?"

그때 민성이 다가와 현규를 쫓아가려고 내던진 가방을 어깨에 걸어 주었다.

"민석아, 병원 가야 하지 않겠냐?"

"아니야, 몇 대밖에 안 맞았어. 그런데 재석이 너는 정말 괜찮아?"

"이 정도 가지고 뭐."

"너 코피 나."

"뭐라고?"

놀란 재석이 손으로 코를 만져 보았더니 정통으로 맞은 코에서 핏물이 흐르고 있었다.

"아, 쪽팔려."

재석은 가방에서 휴지를 꺼내 코피를 닦았다. 내일이면 재석이가 현규에게 맞아서 코피를 흘렸다는 사실이 코로나19

바이러스처럼 퍼질 것이 떠올랐다. 하지만 이 또한 괜찮다고 생각했다. 정말 확실하게 자신이 주먹이나 폭력에서 멀어졌다는 사실이 주위에 각인되는 길이기 때문이었다.

"집에 가자."

일행은 큰길까지 함께 걸었다. 기명이 갈림길에서 먼저 인사를 하고 떠나자 재석이 민석에게 물었다.

"민석아, 현규가 왜 저러는 거냐?"

"응, 사실은 얘기가 길어."

"그럼 좀 저기 가서 쉬었다 가자."

민석을 데리고 재석은 편의점 앞에 있는 파라솔에 앉았다. 민성이 재빨리 음료수를 사 왔다. 플라스틱 의자에 앉아 음료수를 마시며 재석과 민성은 민석의 이야기를 들었다.

기라성 같은 과거 일진 아이들 앞에서 민석은 조용히 입을 열었다. 민석은 반에서 성적이 상위권에 속하는, 제법 공부를 잘하는 얌전한 녀석이었다.

"나는 현규랑 초등학교 동창이야. 중학교 때 헤어졌다가 고등학교 와서 만났지. 반가워서 친하게 지냈는데 현규가 갑자기 얼마 전부터 자꾸 시험 볼 때 커닝을 시켜 달라는 거야."

"그래? 왜 그랬지? 애초에 공부랑은 담을 쌓은 녀석인데."

"아무리 친구였어도 커닝을 시켜 줄 수는 없잖아."

"그렇지. 그런 부정행위를 해주면 안 되지."

재석의 말에 민성도 거들었다.

"야, 친구라는 게 좋은 걸 권해야 친구야. 나쁜 걸 요구하는 게 어떻게 친구냐?"

민석은 고개를 끄덕이고 말을 이어 나갔다.

"오늘 뒤에서 계속 커닝시켜 달라고 하는 거를 안 보여 주면서 버텼어. 그랬더니 끝나고 보자고 속삭이더라. 그래서 끝나자마자 빨리 도망을 친다고 쳤는데……."

분노한 현규에게 잡힌 거였다. 시간이 흐를수록 얼굴이 부어오르는 민석을 보며 민성이 걱정했다.

"야, 너 이 얼굴로 집에 가면 부모님이 걱정하실 텐데."

"괜찮아. 얼음찜질하고 시험 끝나서 일찍 잔다고 하면 엄마 아빠가 그냥 넘어가실 거야. 두 분 다 직장에서 늦게 오셔."

"그냥 몇 문제 보여 주지 그랬어?"

민성이 안타깝다는 듯 위로 겸 말하자 민석의 얼굴이 단호해졌다.

"부정행위는 하나를 보여 주든, 몇 개를 보여 주든 같은 부정행위잖아."

나약한 범생이라고만 생각했는데 자기만의 원칙을 확실히 지키는 민석이었다. 민성이 부끄러워하며 대답했다.

"미안하다, 너무 생각 없이 말했어."

"괜찮아."

그때 한참 생각하던 재석이 날카로운 질문을 던졌다.

"현규 저 녀석, 너네 반에서 일진 노릇 하고 있냐?"

"아니야. 스톤 해체되면서 학교에 불량서클은 없어졌잖아. 대놓고 일진이라고는 안 해. 그런데……."

"그런데 뭐야?"

"소문이 좀 있어. 너희들이 스톤을 해체하고 나서 쌍날파가 더 교묘하게 아이들을 관리한대."

쌍날파 이야기를 듣자 재석과 민성은 등에서 전율이 흐르는 것 같았다. 부라퀴가 경찰과 검찰에 연락을 해서 쌍날파는 더 이상 스톤이라든가 학교 폭력에 관여하지 않는 걸로 알고 있기 때문이었다. 그런데 어느새 다시 독버섯처럼 학생들에게 다가와 촉수를 뻗고 있다는 느낌이었다.

"현규가 쌍날파 조폭들하고 연결되어 있다는 소문을 들었어."

재석은 민석의 말에 고개를 꼬았다.

"이상한데? 쌍날파에 연결되어 있는데 왜 공부를 하려는 거지?"

뭔가 조폭계도 변하는 걸까? 자세히 알 수가 없었다.

"그래, 그러면 민석이 너는 다시 한 번 현규가 그러면 나한테 얘기해라."

"알았어."

"내가 가만 안 있는다고 해. 오늘 한 대 날 때렸기 때문에 아마 내가 보복할 줄 알고 겁먹고 다닐 거야. 맞은 놈은 발 뻗고 자도 때린 놈은 오그리고 잔다잖아."

재석은 주먹 세계를 잘 알았다. 때리고 도망갔기 때문에 보복이 당연히 있을 거라고 생각할 게 뻔했다.

"왜? 가서 두들겨 팰 거 아니야?"

민성이 물었다. 물론 그러지 않으리라는 걸 누구보다 잘 아는 민성이었다.

"펜은 칼보다 강하지 않냐? 민석아, 그 말 영어로 뭐냐?"

"The pen is mightier than the sword!"

"그래, 그거 적어야지."

재석은 수첩을 꺼내 이 말을 적었다.

The pen is 마이티어 than the 스워드.

"야, 한글로 적냐?"

민성이 기웃거리더니 배를 잡고 웃었다.

갑자기 재석은 부끄러워 얼굴까지 붉어졌다. 무지함이 탄로 난 것 같았다.

하지만 이내 이런 창피를 당해도 싸다는 생각이 들었다. 이 세상에 공짜는 없는데 자신은 민석이나 보담이나 호진이가 지력(智力)을 쌓는 동안 무력(武力)을 쌓았기 때문이었다. 오히려 이 부끄러움을 계기로 확실히 주먹의 세계를 떠났다는 사실을 확인할 수 있어 다시 한 번 정신승리를 되뇌었다.

'그래, 내가 지금은 아주 무식하다는 걸 깨달았으니 된 거야. 이걸 알았다는 것만도 소득인 셈이지.'

변변의 공부법을 듣다

법원 앞 서초동 사무실에서 퇴근하지 않고 있던 변변이 자신을 찾아온 아이들을 반갑게 맞아 주었다.

"와우! 이렇게 많은 고등학생 손님은 처음인걸."

재석과 민성, 그리고 향금과 보담은 물론이고 기명과 호진이까지 함께 왔다.

재석은 어떤 과목을 선택 과목으로 해야 유리한지 김태호 선생과 상담하다가 진로가 중요하다는 아이디어를 얻었다. 그래서 변변에게서 진로 이야기를 들으러 아이들과 함께 몰려왔다.

"선생님, 어떤 과목을 선택해야 할지 잘 모르겠습니다."

"그래, 그러니까 꿈과 진로를 빨리 결정해야 하는 거야. 선택 과목 결정에서도 중요한 역할을 하기 때문이지."

"꿈과 진로요?"

"중학교 1학년 때 자유학기제가 있잖니? 그때 다양한 활동과 경험을 해서 자신이 원하는 진로를 선택하고 고등학교 올라오면 대학을 연관된 곳으로 정해 자기에게 맞는 공부를 하고 스펙도 쌓아야 유리하지."

"아, 그렇군요."

"그렇게 차곡차곡 준비해야 학교생활도 충실하게 보낼 수 있는 거야."

"그럼 지금이라도 꿈과 진로에 도움 줄 말을 해줄 멘토를 다양하게 만나 보는 게 좋겠네요."

"당연하지. 하지만 한국 교육계의 현실에서 멘토를 만나기가 쉽지 않아. 멘토로 삼을 만한 분들이 다들 바쁘니."

재석은 그래도 부딪혀 보자는 생각에 전에 강연 왔을 때 알아낸 번호로 고청강 작가에게 문자를 보내 보았다.

작가님, 안녕하세요?

고청강 작가에게서 문자에 대한 답이 금방 왔다.

그래, 재석 군.
잘 지내고 있고 작품은 좋은 거 쓰고 있나?
언제든지 나에게 작품 보내라고 했는데
어떻게 되고 있어?

네, 그래서 제가 인터뷰를 좀 하고 싶습니다.
진로에 관한 인터뷰로 저는 작가를
꿈꾸고 있어서 작가님에게 인터뷰를 요청합니다.

나와 인터뷰하고 싶다는 것은 고마운데
나는 지금 해외 작가 레지던스에 와 있다네.

해외 작가 레지던스가 뭐죠?

해외에 거주하면서 작품을 쓰는 거야.
지금은 몰디브에 와 있어.

와, 멋지십니다.

여기서 한 일 년간 작품 쓰고 돌아갈 예정이라서
인터뷰하기가 좀 어려운데.
도움이 안 돼서 미안하네.

재석은 어쩔 수 없음을 깨닫고 바로 포기했다. 하지만 예의를 갖춰 인사를 했다.

> 작가님 작품을 잘 읽고 있습니다.

> 하하하. 고마워.
> 가급적이면 사서 읽어 줘.^^

> 잘 알고 있습니다. 그래야 인세가 들어가잖아요.^^

고청강 작가는 여전히 유쾌한 문자로 답해 주었다. 재석은 작가가 되면 이렇게 외국에 가서 글도 쓸 수 있다는 사실을 알자 너무 부러워 더더욱 빨리 작가가 되고 싶었다.

하지만 당장 필요한 건 학습에 도움을 주고 멘토링을 해줄 사람이었다. 주변을 둘러보고 생각한 결과 선택한 사람이 변변이었다.

"변변은 아홉 번 떨어지고 열 번째 시험을 봐서 사법고시에 합격했다고 했어. 어떻게 공부했는지 물어보면 도움이 될 것 같아."

재석은 보담과 인터뷰이에 대해 상의했다. 보담은 고개를 끄덕였다.

"좋아. 나도 변호사가 되는 게 꿈이었으니까 변호사님에게 우리 학습이라든가 진로를 물어보자."

곁에 있던 향금이도 팔짝팔짝 뛰었다.

"그래. 은지랑도 같이 가는 게 좋을 것 같아. 나는 이미 모델인 샬랄라 언니한테 멘토링을 받은 적이 있어. 글쎄, 지독한 언니더라고. 모델이 되기 위해서 정말 열심히 노력했어. 나도 나중에 아나운서가 되려면 피나는 노력을 해야 해."

"뭐라고 얘기하든?"

"그 언니 말이 인맥도 중요하고 모든 게 중요한데 제일 중요한 건 경험이래."

"경험?"

"응. 모델이 되어서 사진 찍을 때 숲속에 있다는 느낌이나, 아프리카 같다는 느낌, 아니면 물속에 들어간 느낌을 연출하라고 포토그래퍼 샘이 그런데. 그러면 진짜 경험이 있는 모델이 훨씬 표정이라든가 자세가 좋게 나온다는 거야."

"와! 정말 좋은 멘토링을 받았네."

그러나 늘 냉정하게 상황을 분석하는 보담이 고개를 저었다.

"느낌이라는 게 정말 추상적인 거야. 객관적인 데이터가 없잖아."

"어머, 보담아. 네가 그러니까 감성이 없다고 하는 거야."

보담은 약간 당황했다. 하지만 이내 자신이 너무 직설적인 걸 알고 있기에 수긍할 수밖에 없었다.

"그래, 인정해. 나는 참 그런 게 부족해."

"넌 대신 공부를 잘하니까 됐어. 호호!"

두 여자아이는 서로 얼굴을 마주 보며 깔깔거렸다.

대충 의견이 모이자 재석은 변변에게 연락을 했다. 변변은 흔쾌히 업무시간이 끝난 뒤에 오라고 했다.

"너희들 온다고 해서 준비 좀 했는데 마음에 들까 모르겠다."

테이블에는 미니 케이크와 음료수가 잔뜩 놓여 있었다.

"와, 역시 변호사 사무실은 좋네요."

"이 정도 가지고 뭘. 마음껏 먹어라."

자리를 잡고 앉아 변변은 자신이 근무하는 로펌을 소개하는 동영상을 보여 주었다.

"너희들이 변호사와 법률회사인 로펌이 무슨 일을 하는지 궁금하다고 해서 틀어 주는 거다."

동영상에서는 멋진 옷을 입은 변호사가 나와 업무 소개를 했다.

"법무법인 법촌은 2007년 '법이 질서를 유지한다'는 뜻을 담아 설립되었습니다. 설립부터 지금까지, 다양한 인수합병을 통해 우리나라 굴지의 로펌으로 성장했습니다. 법촌은 여러분의 동행자로서 우수한 성적으로 사법고시를 합격하거나 로스쿨을 졸업한 전문가들이 풍부한 현장 경험을 바탕으로 금융, 공정거래, 조세, 부동산, 건설과 지적재산권 등의 법률 서비스를 필요로 하는 전 분야에서 고급스러운 법률 서비스를 제공합니다."

동영상을 통해 로펌이 하는 업무가 생각보다 다양하다는 것을 알고 보담은 눈을 반짝였다. 하지만 공부 잘하고 우수한 변호사들이 잔뜩 모여 있는 곳이라니 기명은 변호사 사무실에 들어온 순간부터 주눅이 들어 있었다. 이미 폭력으로 경찰에 잡혔던 적이 있고 사건 사고에 휘말려 본 적도 있어 오금이 저렸다. 게다가 이런 일에는 으레 따라올 법한 호기심 많은 은지가 굳이 집에 있겠다며 오지 않아 기분도 상해 있었다.

"기명이 형, 겁먹지 마. 변호사님 좋은 분이야. 우리가 옛날에 어려운 일이 있을 때마다 도와주셨어. 변호사는 우리 같은 사람들을 위해서 있는 거라고 하셨어."

그런 말을 들으니 기명은 조금씩 어깨가 펴졌다.

보담이 적어 온 걸 보면서 인터뷰를 시작했다.

"먼저 저희들 인터뷰에 응해 주셔서 감사합니다. 제일 궁금한 거는 어떻게 공부하셨고 어떻게 변호사가 되셨는지예요. 이것은 학교의 진로 인터뷰에 나와 있는 기본 질문이에요."

보담이네 학교에서는 롤모델을 찾아서 인터뷰하는 과제가 있었던 모양이었다.

이 직업을 선택하신 동기는 무엇인가요?
어떤 것들을 노력하셨나요?
일하면서 보람 있었던 일은 무엇인가요?
어려웠던 것은 무엇인가요?
……

변변은 정형화한 여러 질문에 친절하게 대답을 해주었다. 심지어는 연봉이 얼마이며 향후 전망이 어떠니 하는 질문까지 나오자 변변은 실소를 금하지 못했다.

"하하하! 학생들이 찾아와서 몇 번 이런 인터뷰를 했는데 역시 똑같구나. 이렇게 천편일률적인 질문은 누가 하라고 하는 거니?"

그럼에도 변변은 귀찮아하지 않고 대답해 주었다. 업무가 아닌 이런 만남을 즐기는 것 같았다. 공식적인 인터뷰 질문이 끝나자 이번에는 재석이 물었다.

"변호사님, 공부하는 법에 대해서 좀 알려 주세요."

"그래. 내가 변호사가 되는 데는 십 년이 걸렸단다. 그 이유는 뭐냐 하면 공부법을 잘 몰랐기 때문이야. 공부법이랄 것도 없이 그냥 무식하게 공부만 하면 되는 줄 알고 산속 절에 가서 공부한 적도 있어. 물론 집에서도 몇 년 했지. 근데 결국 고시촌에 가서 공부하다 합격했단다. 요즘은 로스쿨이 있어서 사법고시가 없어졌지. 하지만 로스쿨에서도 공부하기가 쉬운 건 아니란다."

공부법은 온 국민의 관심사였다. 학생들뿐만 아니라 부모나 선생들조차도 공부법에 관심이 많았다. 수험생들이나 고시생들은 말할 것도 없었다.

"가장 큰 낭설은 '공부 잘하는 사람의 공부법대로 하면 성적이 오른다'는 거지."

그러자 향금이 말했다.

"우리 아빠는요, 영어 단어를 외우면서 한 장을 다 외우면 불태워서 그 재를 물에 타 드셨대요."

"하하하! 일종의 미신 같은 것이지. 시험을 잘 보려면 공부 계획을 제대로 지켜야 하지만 무엇보다도 효율적인 공부법을 개발하는 것이 중요해. 어떤 게 가장 효율적인 공부법일까?"

손을 번쩍 들고 재석이 말했다.

"예습과 복습이요?"

"맞아, 그런데 그건 너무 막연해. 마구잡이로 예습과 복습을 하면 투자에 비해 성과가 나지 않잖니? 그러면 의욕과 자신감이 줄어들고 공부와 멀어지는 악순환에 빠지지. 죽어라 공부했는데도 남는 게 없고 성적은 제자리걸음이고. 그건 열심히 안 해서가 아니야. 너희들 대부분은 이미 탑인 보담이를 제외하고는 성적을 대폭 올리고 싶어 하는 아이들이잖니?"

"맞아요."

보담과 호진이를 빼고 나머지 아이들이 일제히 고개를 끄덕였다.

"지금까지 여러 가지 방법을 시도해 봤겠지? 영어 단어를 외우는 것도 그래. 반복해서 영어 문장을 읽어서 문맥 속에서 자연스럽게 파악하는 사람이 있고 단어를 다짜고짜 외우기도 하지. 하지만 이 방법은 문제집에서 문제를 풀 때 바로바로 도움이 안 돼. 그 단어가 나와야 하는데 안 나오는 문제가 더 많으니까."

"그러면 변호사님은 어떻게 하셨어요?"

"나는 한자 공부가 어려웠어. 오만 개가 넘는다는 한자를 다 외우기는 힘들고 한 이삼천 개만 외워도 유용하지. 그래서 처음에는 한자책을 사다 놓고 외웠단다. 무식하게 외운 거지. 《천자문》을 외워 보려고 했는데 도움이 많이 안 되었어. 그렇게 외운 한자가 어쩌다 한 번 문제에 나오면 좋지만 안 나오는 경우가 훨씬 많거든."

"그래서요?"

"그래서 법전 공부하다가 모르는 한자가 나오면 그때 즉시 써서 외우면서 해결했어. 한자가 법률에서는 어떤 맥락에서 어떻게 사용됐는지 아니까 더 쉽게 외워지기도 했지."

"원샷 원킬이군요?"

"맞아. 그렇게 한자 단어장을 만들어 일 년, 이 년, 사법고시 공부를 하는 동안에 한자 실력이 크게 늘었단다. 《천자문》을 다 외운다거나 한자 시험을 봐서 급수를 올린다고 했으면 아마 시험에 합격하는 데 시간이 더 걸렸을 거야. 그게 다 필요하지도 않은데 말이다. 내가 알아야 할 한자들은 전부 다 법전에 있고 시험에도 그게 나오기에 그 단어장들을 항상 들고 다니면서 외웠지."

"아, 그것도 방법이겠네요."

"하지만 이건 나만의 방법이란다. 너희들만의 효율적인 공부법을 따로 찾아야 해. 호진이, 너는 공부를 잘한다는데 한자는 어떻게 외우니?"

호진이의 얼굴이 붉어졌다.

"저는 어렸을 때 아버지가 《천자문》과 《사자소학》 이런 것들을 가르쳐 주셨어요."

보담이 경이롭다는 눈빛으로 쳐다보았다.

"그래서 중고등 필수 한자는 한 이천 자 정도 다 알고요. 한자를 아니까 문해력이 남들보다 좋은 것 같아요. 문제를 한 번만 읽거나 들어도 이해하고 처음 듣는 말도 대강 해석할 수 있어요."

변변이 갑자기 박수를 쳤다.

"그렇지. 한자는 정말 우리나라 사람이 공부하는 데 기본이야. 법전뿐만 아니라 의과대학 용어라든가 사회과학 용어도 다 한자로 되어 있단다. 그럼 한자를 어떻게 익히느냐? 벽마다 써서 붙여 놓는 사람도 있고, 단어장을 만들기도 하고, 아니면 신문에 한자가 나오니까 신문의 한자를 다 익히기도 하지. 그런데 요즘은 한자가 많이 홀대받고 있어."

이런 식으로 아이들이 공부에 대해 궁금한 걸 물으면 변변은 자신의 경험에 비추어서 실제적인 답을 해주었다. 아이들은 그 대답을 들으며 크나큰 용기를 얻었다.

그러다 변변은 호진이에게 왜 공부하느냐고 원초적인 질문을 했다. 호진이는 좋은 대학교에 들어가서 부모님께 효도하고 자신도 누구에게 기죽지 않고 멋지게 살고 싶다는 이야기를 했다. 그 말을 듣고 변변은 크게 웃었다.

"호진아, 물론 좋은 대학교에 들어가서 부모님에게 효도한다는 거는 누구도 뭐라고 할 수 없지. 내 친구 중에도 그런 애들이 많았어. 또 멋지게 살겠다고 법대에 온 아이들도 있었지. 그런데 나중에 꿈을 이루고 행복할 줄만 알았는데 자신의 적성에 맞지 않고, 무엇보다 이기심으로 공부했다는 사실을 깨닫고 뒤늦게 방황하는 친구들이 생겼단다."

변변은 진중한 눈빛으로 아이들을 둘러보았다.

"중요한 거 한 가지만 짚고 넘어가자. 너희들이 공부를 열심히 해야 하는 이유는 부모님에게 효도하기 위해서도, 좋은 대학교에 가기 위해서도 아니야."

"그럼 뭐죠?"

"내 생각에는 세상을 조금이라도 더 좋은 곳으로 만들기 위해 공부하는 것 같아."

호진이가 부끄럽다는 표정으로 얼굴을 들었다.

"아, 그런 생각은 못 했어요."

"나는 공부해서 남 준다고 생각한단다. 배웠으면 써먹어야 할 거 아니니? 나에게 써먹을 때는 좋은 직업을 갖고 돈을 많이 버는 거지만 밖에다 써먹는 건 다른 사람을 위해서 내가 알고 있는 지식이나 경험, 실력을 발휘하는 거야. 나는 공부는 나뿐만 아니라 남을 위해 써먹으려고 하는 거라고 생각한다."

변변의 멘토링은 아이들에게 큰 울림을 주었다. 자신만의 효율적인 공부법을 찾아라, 왜 공부를 하는지 알아야 한다는 말이 가슴에 남았다. 〈이로움을 주는 공부법〉이라는 말이 재석의 수첩에 추가되었다.

꿈을 정하다

"호진아, 꽃넋을 한자로 뭐라고 그러냐?"

국어 문제집에 나온 주관식 문제를 풀지 못한 재석이 호진이에게 물었다.

"꽃넋? 화령(花靈)인가? 가만 화령이라는 말은 들어 본 적이 없다. 음. 영령(英靈), 그래 영령이겠어."

"아, 영령이겠다. 들어 봤어."

"꽃부리 영자에 신 령자지. 호국영령이라고 하잖아. 꽃처럼 아름다운 영혼이라는 뜻이야."

"너는 역시 모르는 게 없구나."

"아니야. 어려서 한자 공부를 좀 했다고 했잖아."

"한자를 공부하니까 국어 성적을 기본으로 먹고 들어가네."

재석은 고개를 끄덕였다. 쉬는 시간만 되면 재석은 이해가 되지 않는 걸 호진이에게 가서 물어보았다. 민성도 덩달아 이것저것 물었다. 그럴 때마다 호진이는 귀찮아하지 않고 잘 알려 주었다.

"호진아, 너 옛날에 아이들이 선생님에게 사랑 이야기해 달라고 해도 공부해야 한다고 진도 나가자고 했잖아. 야, 그런데 우리가 질문할 때 귀찮아하지 않고 잘 대답해 주고……. 어떻게 이렇게 변했냐?"

"너희들이 친구를 위해서 애써 주고 서로 협력하는 거 보고 나도 조금 생각이 바뀌었어. 게다가 변호사님 만난 뒤에 많은 걸 느꼈어."

공부하는 이유 같은 것을 한 번도 진지하게 생각해 본 적이 없던 호진이었다. 하지만 변변의 이야기를 듣고는 뭔가를 고민하더니 이내 결론을 내린 것 같았다.

"나는 공부를 왜 해야 하는지 이제야 조금 알 거 같아. 세상을 좀 더 낫게 하려는 것이라는 말이 와 닿았어. 보담이도 법을 공부해서 사회 약자들을 돌보겠다고 했잖아. 나도 공부해서 이 세상을 조금 더 이롭게 해야겠다는 생각이 들었어."

"야, 그날 변변 말만 듣고 그렇게나 고민한 거야?"

"이것저것 책도 읽고 생각을 좀 했어. 그런데 우연히 이수현 씨에 대해 알게 되었어."

호진이는 그러면서 이수현 씨의 이야기를 했다. 울산 출신인 그는 좋은 대학을 다니다 일본으로 유학을 갔다. 그는 일본인들의 시민의식에 크게 감명받고 남을 위한 배려를 배워 길을 오가다가도 쓰레기가 보이면 줍기도 했다. 그러다 2001년 1월 26일, 야마노테선 신오쿠보역에서 선로에 추락한 취객을 구하고 미처 빠져나오지 못해 사망하고 말았다.

"일본인들이 이십 년 넘게 지금도 기일이 되면 역에 모여서 추모식을 한대. 인간의 위대함은 결국 이타심에서 나오는 거야. 내가 공부해서 더 나은 사람이 되는 건 결국 더 크게 남을 위한 일을 하라는 뜻인 걸 알게 되었어."

"그래서 네가 이렇게 모르는 거 물어보면 잘 대답해 주는 거냐?"

"그렇다고 볼 수 있지. 하하하!"

"너 나 엄청 이롭게 해야 할 거다."

"걱정하지 마. 언제든지 모르는 거 있으면 물어봐. 내가 다 알지는 못해도 아는 데까지 설명해 줄게."

"어쭈, 겸손하기까지."

재수 없다는 듯이 옆에 있던 민성이 호진이의 목에 헤드락을 거는 시늉을 했다.

"야, 야! 왜 이래?"

이기적이던 호진이는 이타심을 배우며 한 번 더 성장했다.

오늘은 학력평가 결과가 나온 날이었다. 호진이는 다시 한 번 전교 일등을 했다. 교실에 들어오는 선생님들마다 칭찬해 주었다.

"이번 학력평가에서 호진이가 전교 일등 했다며?"

호진이는 말없이 고개를 숙이고 있었다.

하지만 재석의 성적은 기대했던 바에 미치지 못했다. 재석은 시험공부를 한다고 했으나 자신의 부족한 현주소만 다시 한 번 파악했다.

"나는 1학년으로 와 가지고 시험 봤는데……. 쩝, 그래도 가능성이 보여서 다행이란 생각이다아."

기명은 공부에 관심을 가진 뒤에 나온 첫 성적이 중위권이었기 때문에 그나마 만족해했다.

그 주에 모인 모임에서 기명은 환한 얼굴로 말했다.

"나 결정했어어. 떡집을 물려받으려면 식품영양학과에 가야겠어어."

"식품영양학과? 그거 뭐 반찬 만들고 그러는 데 아냐?"

민성이 관심 없다는 듯 말했다. 기명이 발끈했다.

"그게 아니고 이 녀석아, 식품영양을 연구하는 거지이. 이게 말이야 의과대학하고 비슷한 거래에."

"어떤 점에서?"

"아이, 뭐 있어어. 하여간 비슷하대에."

보담이 나서서 설명해 주었다.

"식품영양학이 결국은 식품이라든가 분자, 원자, 이런 것들을 따지니까 의학이나 약학하고 연결이 되어서 굉장히 어려운 공부를 하는 거야."

"식품영양학과 말고 식품조리학과 같까아?"

기명은 갑자기 머리가 복잡해졌다. 어쨌든 기명은 식품이 들어가는 전공을 하겠다는 꿈을 갖게 되었다.

"대학 가기 전까지 조리사 자격증도 딸 거야아. 학원에 등록해야 할 것 같아아."

"은지는?"

"은지가 요즘 영혼이 없어어. 맨날 피곤해하고 나랑 깊은 대화도 안 하고. 뭔가 숨기는 것 같아아."

그러자 향금이 호들갑을 떨었다.

"혹시 둘째라도 가진 거 아냐? 막 헛구역질하고 그러는 거 아냐?"

보담이까지 얼굴이 붉어져 궁금하다는 듯 기명을 바라보았다.

"야, 그런 거 아냐아."

갑자기 분위기가 남사스러워졌지만 이내 수습이 되었다. 이제 아이들은 확실한 꿈을 가지고 공부에 열정을 불태웠기 때문이었다. 꿈을 정하는 것은 정말 중요하다.

재석과 민석도 공부의 길이 조금은 보이는 것 같았다. 기명을 멘토링하면서 그것이 자신들에게도 채찍질이 되었다. 또 기명이 모르는 것을 물어볼 때마다 가르쳐 주면서 자신의 기초 역시 탄탄해졌다.

보담이 한마디로 정리했다.

"애들아, 진짜 지식은 남을 가르칠 수 있는 지식이래. 가르치지 못하는 건 자기 게 아니랬어."

"그 말이 맞는 것 같아."

그날 아이들과 헤어져서 집으로 돌아가는 길에 재석은 집에 있는 엄마에게 문자를 보냈다.

> 엄마, 이제 끝나고 집에 가요.
> 가게 문은 잘 닫았어요?

그래. 어서 와. 뭐 먹고 싶어?
엄마가 만두 빚었는데.

만두라는 말을 듣자 입에서 침이 돌았다. 손쉽게 마트나 편의점에서 사는 만두가 아니라 엄마가 빚은 만두는 정말 정성이 가득 든 손만두였다. 엄마는 인심도 좋아서 한번 하면 주변 사람들에게까지 나눠 줄 정도로 많이 만들었다. 만두 먹을 생각에 군침이 흐르는 입가를 닦고 황급히 걸음을 재촉하던 때였다.

"야, 황재석!"

누군가 뒤에서 나타나 재석을 부르며 뒤통수를 가격했다. 순간 반사적으로 고개를 숙여 빗맞았지만 그래도 충격이 커서 재석은 저만치 나뒹굴었다. 순식간에 몇 녀석이 나타나 재석을 포위하고 다가서고 있었다. 기습이었다.

통증을 느낄 겨를도 없이 벌떡 일어난 재석은 본능이 시키는 대로 맨 앞에서 다가오는 녀석을 돌려차기로 관자놀이를 갈겨서 한 방에 제압했다. 계속해서 뒤이어 오는 녀석이 휘두른 주먹을 흘려 보내고 몸을 돌려 옆구리를 갈겼다.

"윽!"

단 두 방에 두 녀석을 제압하자 남은 한 녀석이 당황하는 것이 보였다. 가까이서 보니 현규였다. 이번에는 용서할 수 없었다.

"현규, 너 이 자식!"

재석은 벼락처럼 달려가 녀석의 먹살을 붙잡았다. 그대로 자세를 낮추며 소매를 붙잡아 끌어당기고 번개같이 업어치기를 시도했다.

"컥!"

제대로 비명도 못 지르고 현규는 허공에 번쩍 들려 크게 반원을 그리며 대자로 나가떨어졌다. 현규는 그대로 기절한 듯 정신을 못 차렸다. 나머지 두 녀석이 다시 덤벼들었지만 재석이 벌떡 일어나 버티고 서자 주춤대다 도망쳐 버리고 말았다.

재석은 기절한 현규의 얼굴에 생수를 뿌려 깨웠다.

"일어나, 이 자식아!"

잠시 뒤 현규는 눈을 비비며 정신을 차렸다.

쌍날파가 접근해 오다

다음 날 학교에 가자마자 재석은 기명의 반으로 찾아갔다.

"형, 나한테 말 안 한 거 있지?"

"뭐어?"

기명은 당황했다.

"쌍날파 연락 왔다며?"

"야, 너 어떻게 알았냐아?"

"현규가 다 불었어."

어젯밤 기습을 당한 재석은 현규를 제압한 뒤 멱살을 잡고 물었다.

"네가 나한테 선빵 날려도 보복하지 않았는데 또 왜 이러는 거야?"

현규는 아직도 업어치기 한 방에 나가떨어진 충격에서 헤어나지 못하고 있었다.

업어치기는 무서운 공격이었다. 낙법에 숙달되지 않은 사람에게 업어치기를 할 경우 장기가 파열될 수도 있는 위험한 기술이었다. 현규는 그나마 운동신경이 있어서 등으로 떨어진 게 아니라 다리와 엉덩이가 먼저 닿아 충격이 덜했다.

꼼짝 못 하게 되었으면서도 현규는 표독하게 말을 내뱉었다.

"형님들이 널 좀 보자고 하더라."

"나를 왜 봐? 내가 너희들하고 무슨 싸움을 했어, 뭘 했어? 널 때리기라도 했냐? 똑바로 얘기해. 왜 그러는 거야? 나 쌍날파나 스톤이나 일찌감치 끊었잖아."

"기명이도 쌍날파에서 완전히 제적된 게 아니야."

"뭐라고? 관계 다 끊고 열심히 사는 기명이 형한테 너희들 왜 그러는 거야?"

다시 세를 확장하기 위해서는 기명을 끌어들여야 한다는 결론이 쌍날파에서 났다는 거였다. 재석은 포섭 대상이 아니었지만 현규를 제압하는 바람에 걸림돌로 여겨져 오늘 아이들을 보내서 경고하려고 했던 것이다. 하지만 어설픈 고등학생 일진 세 명 정도로는 재석을 제압할 수 없었다.

재석은 현규에게 마지막으로 당부했다.

"조용히 살아라. 기명이 형 아기 아빠다. 조폭하려면 얼른 학교 때려치고 나가. 애들 괴롭히지 말고. 나 경고한다. 그리고 쌍날파 조폭들 할 말 있으면 직접 오라 그래."

말은 그렇게 했으나 재석도 두려웠다. 실제 조폭이 자신에게 찾아온다면 겁나는 일이었기 때문이다. 하지만 재석은 자신의 뒤에는 정의라는 불굴의 신념이 지켜 주고 있다는 생각이 들었다. 수많은 사람이 자기를 돌봐주고 있지 않은가? 엄마부터 시작해서 변변과 부라퀴, 그리고 여러 멘토가 있기에 절대 혼자라는 생각이 들지 않았다.

"제안이 오기는 왔는데 나는 절대 갈 수 없다고 그랬어."

이야기를 들은 기명이 풀이 죽어 대답했다.

"그랬더니 뭐래?"

"답이 없어. 어제 온 거야아."

어제 기명에게 접촉하고 재석을 끌고 오라는 명령이 내려온 것 같았다.

"들리는 말에 의하면 옆에 있는 인연고등학교와 창현고등학교도 불량서클 재건하고 있댔어. 그래서 그 학교도 지금 조직원들이 아이들에게 접근하는 모양이야아."

"정신 좀 차려야 되겠네."

재석은 긴장했다.

"쌍날파 세력이 약해진 모양이야아. 광화문파나 강남파에게 밀리니까 다시 학교 쪽에서 젊은 피를 수혈하려는 거 같아아."

"그렇지만 현규가 왜?"

공부 열심히 하고 있는 민석이까지 괴롭혀 가며 왜 학교에 있는지 알 수가 없었다.

"현규 그 자식, 왜 학교 때려치지 않고 버티는 거지? 일찌감치 그쪽으로 가지."

"쌍날파 두목이 바뀌면서 조직 행동 방향이 바뀌었대에."

"보스가 북극곰 아니었나?"

"아니야아. 내가 듣기에는 거기 제비라는 중간보스가 있었는데 이 중간보스 제비가 머리가 좋대에. 그래 가지고 북극곰을 치고 조직을 접수했대에. 두목이 된 다음에 밑에 있는 애들한테 명령을 내린 모양이야아."

"무슨 명령?"

"새롭게 머리 쓰는 사업에 진출하는데 그래서 쌍날2.0이라나, 뭐라나아. 조직원들 가운데 머리 좋은 애들 공부를 시켜서 사업도 운영하게 하고 건설 회사도 만들고 그럴 거래에."

"아니, 그게 다 무슨 말이야?"

"조폭이 먹고살기 힘든 시절이 됐다고 이제는 머리 쓰는 사업을 해야 된대에. 그러면서 고등학교 다니는 일진 애들에게 성적 올리라고 했대에."

"아니, 미친놈. 성적이 뭐 올리라고 했다고 그렇게 쉽게 오르나? 그리고 조직원들이나 공부하라고 하면 됐지 왜 고등학생까지?"

"너 이 기사 좀 봐봐."

그때 어느새 쫓아온 민성이 이야기를 듣다가 2013년도 기사를 스마트폰으로 보여 주었다. 각 대학 학생회에 조폭들이 들어가 학생회장을 하면서 수입을 올렸다는 내용이었다.

조폭이 대학교 학생회 장악한 뒤 회비와 각종 예산 착복

조폭이 대학교 학생회에 들어가 학생회비 등을 횡령했다 경찰에 구속됐다. 무진경찰청은 관내 대학교 총학생회장과 임원을 맡아 학생회비를 가로채고 교내 이권에 개입한 혐의로 무진 지역 폭력조직인 넘버원파 활동대장 김모(23) 씨와 이모(22) 씨 등을 구속했다.

경찰에 따르면 김 씨는 무진대 총학생회장으로 선출된 뒤 학생회비 1억

5,000만 원을 횡령하고 학생회 간부 열두 명의 장학금 6,000만 원을 가로챈 혐의를 받고 있다.

이 씨는 또 지난 2007학년도에 후배 최 씨를 A대 학생회장에 당선시킨 후 자신은 대의원 의장을 맡아 실질적으로 학생회를 장악, 학생회비와 학교지원금 6,700만 원을 횡령한 혐의도 받고 있다.

경찰 조사 결과 김 씨와 이 씨는 학업이 목적이 아니라 학생회를 장악해 자금을 빼돌리기 위해 대학에 들어갔고 휴학하는 방식으로 학생회장 출마 시기를 조정했다. 이들은 빼돌린 학생회비나 교비를 폭력조직의 자금이나 유흥비로 사용한 것으로 드러났다. 또 지난 1월 보도방 업주를 집단 폭행하거나 지역 후배 네 명이 조직에 가입하지 않는다는 이유로 상습폭행한 혐의 역시 받고 있다.

김상화 무진경찰청 광역수사대장은 "여러 개 대학의 총학생회장에게 공금 횡령혐의가 더 있는 것으로 보고 수사를 확대하고 있다"고 설명했다.

"그럼 현규 녀석을 공부시켜 대학 보내고, 대학에다가 조폭 조직을 심으려는 거잖아?"

놀라운 사실이었다. 조폭까지도 공부하겠다는 세상이 된 거였다. 등골이 오싹했다.

축하파티를 하다

"애들아, 맘껏 먹어라! 여기 젊은 박 사장에게 너희들 원하는 대로 마음껏 먹게 내가 미리 다 얘기해 놓았다. 돈 걱정은 하지 말고."

기명이 아빠 남 사장은 기분이 좋아서 아이들 앞에서 큰 소리로 말했다. 이곳은 기명이네 떡집이 있는 시장 입구의 퓨전 이탈리안 식당이었다. 복고풍으로 장식된 실내로 인해 1970년대로 돌아간 것 같은 분위기가 났다. 의자나 테이블에 장식이 많았고 전등에는 스테인드글라스 같은 형형색색의 유리로 갓을 만들어 씌웠다.

재석과 민성, 보담과 향금은 물론 기명과 은지, 호진이까지
모여서 토요일 날 저녁에 이곳에서 파티를 벌이는 거였다.

"감사합니다. 잘 먹겠습니다."

잘생긴 식당 사장이 흐뭇한 얼굴로 말했다.

"얘들아, 음식 가져올 테니 먹고 모자라면 더 시켜라."

남 사장과 퓨전 이탈리안 식당의 젊은 주인은 상가번영회
에서 회장과 부회장을 맡고 있어 친밀도가 남달랐다.

"너희들 이따가 집에 갈 때 내가 떡 포장을 해 놓았으니까
가져가서 부모님들 드려라."

남 사장은 이미 계산대에 빨간 보자기로 싼 떡 선물세트를
차곡차곡 사람 수대로 쌓고 있었다.

"네!"

아이들은 한식과 이탈리안 식을 혼합한 파스타와 육회 등
이 차례대로 나오는 것을 침 흘리며 바라보았다. 이내 테이블
위에는 맛있는 음식들이 가득 차려졌다.

"와, 맛있겠다!"

음식 앞에서는 모두 다 진실해지는 법이다. 얌전한 호진이
까지도 육회와 파스타를 사양하는 것 없이 맛있게 먹었다.

"솔직히 얘들아, 기명이가 쏠찌일 줄 알았다. 아, 그런데 성
적이 중간은 되는 거야. 이 녀석이 마음먹으니까 공부를 하는

구나 싶다. 앞으로 삼 년 동안 공부하면 괜찮은 대학교 식품
영양학과에 가지 않겠냐? 내 살다 살다가 이렇게 기쁜 날은
처음이다."

남 사장은 아들에게서 희망의 싹을 본 것 같아 기뻐했다.

"와!"

아이들은 남 사장의 말에 모두 박수를 쳤다. 그러자 기명이
머쓱한 얼굴로 웃었다.

"형, 하늘이가 좋아하겠어."

재석이 기명에게 엄지손가락을 치켜세우면서 덕담을 했다.

"하늘이는 나 안 닮아서 머리 좋을 거야아."

사실 기명이도 중학교 때까지는 학원을 다니며 공부를 조
금이나마 했다. 또 이번에 고등학교 1학년 과정으로 내려가
면서 아버지는 새로 시작하는 마음으로 열심히 하라고 과외
선생님까지 붙여 주었다.

기명은 모르는 것을 언제든지 물어볼 사람이 생긴 데다 은
지와 아들 하늘이에 대한 책임감, 그리고 재석과 민성의 격려
덕에 제법 성과를 냈다. 미친개까지도 기명이가 이대로만 맘
잡고 공부하면 웬만한 대학은 갈 수 있을 거라는 희망적인
이야기를 해주었다.

"녀석, 아버지가 되더니 단단히 철들었구나."

학력평가 성적표를 건네며 미친개는 기명의 등을 두드려 주기까지 했다. 학교 다니면서 기명이 받은 최고의 칭찬이 었다.

"너도 한 잔 받아라."

남 사장이 아들 기명의 빈 잔에 콜라를 부어 주었다.

"맥주처럼 크, 하지는 말아라!"

"그럼요오, 안 해요오. 하하!"

하지만 은지는 기명이 옆에서 알쏭달쏭한 표정을 짓고 있었다. 학교에 다니지 못하며 애만 키워야 하는 열일곱 살 소녀의 마음이 결코 편하지 않을 것이다.

재석은 은지를 조용히 관찰했다. 애써 별일 없다는 듯 대화에 어울리는 은지의 표정 안에 드리워진 그늘이 보였다. 다만 그 그늘이 마냥 어둡기만 한 것은 아니라는 느낌이었다. 마치 뭔가 자기만의 길을 가려 결심한 나그네의 그것 같았다.

오히려 재석의 마음이 더 어두웠다.

재석은 성적이 나오자 가장 먼저 보담과 이야기를 나누었다.

"보담아, 나 성적이 많이 오르지 않았어. 기명이 형은 생각보다 잘 나온 것 같더라고."

"아무것도 안 하다가 공부를 다시 시작하니까 성과가 쑥쑥 나는 거지. 축구도 처음에는 신나고 재밌어서 열심히 하지만 나중에 정말 정확하게 골을 넣으려면 피나는 훈련이 필요하잖아. 그런 것과 마찬가지야. 재석이 너는 이제 점점 공부 잘하는 애들 틈새를 비집고 올라가야 하니까 더 어려운 거야. 그 아이들도 나름의 방법을 찾아가며 공부하고 있잖아. 공부 습관을 만든 것만으로도 다행이라고 생각해."

재석은 고개를 끄덕이면서 옆에 있는 민성을 바라보았다. 이번에 민성은 성적을 조금 더 올렸다.

"야, 넌 어떻게 성적이 올랐냐?"

"엄마가 학원 좀 다니라고 해서 다녔지. 그런데 와우, 학원에서 찍어 준 게 많이 나왔어."

재석은 씁쓸했다. 하지만 안다, 민성이 학원에 공을 돌렸지만 최근에 꿈을 이루려면 공부해야 함을 알고 더 노력했다는 것을. 재석이 우연히 방송국 PD들의 학벌을 논한 글을 찾아내 민성에게 알려 주었기 때문이다.

학벌이 쓸데없다는 말은 오래전부터 있었다. 그러나 과연 그럴까? 내 생각에 학벌은 여전히 중요한 것 같다. 물론 다른 요소도 있지만 일단 밥벌이라는 턱걸이를 통과하려면 학벌을 무시할 수 없다. S대를 나와야 글을 잘 쓰고 취재를 잘하는 건 분명 아닐 텐데 우리나라 언론사의 입사자 절반은 그 대학 출신이다. 방송국도 마찬가지다. PD들은 대개 일류대를 나왔다. 김대오 PD는 Y대학교, 나태석 PD는 K대학교 출신이다.

학벌이 뭐 중요하냐고 냉소적으로 세상을 보는 건 도움이 별로 안 된다. 현실은 현실이다.

어느 공무원시험 카페에서 복사한 글을 재석이 문자로 민성에게 보내 주었다. 그 글로 자극을 받았는지 민성은 눈빛이 좀 달라졌다. 학원에서 수업을 받은 데다 개인적으로도 노력을 더했던 것이다. 그 성과가 아주 미미하지만 이미 나타나기 시작한 것 같았다.

하지만 재석은 집안 형편상 학원을 보내 달라고 말할 처지가 아니었다. 무엇보다 민성과 자신은 가는 길이 달랐다. 물론 재석도 문예창작과를 지원하는 학생들을 위한 학원을 알아보지 않은 건 아니었다. 인터넷 서핑을 하며 여러 학원을 찾아보았다. 그 가운데 하나는 제법 호소력 있는 글로 학생을 모집하고 있었다.

많은 수험생이 문예창작과는 글재주가 있고, 오랜 기간 습작을 한 학생만 들어갈 수 있다고 잘못 알고 있다. 하지만 우리 괴테학원의 수강생들은 대개 글을 처음 써 보고, 준비 기간도 8주 정도밖에 되지 않는다. 그럼에도 여러 대학의 문창과 정시 및 실기에서 지금까지 500여 명이나 합격했다.

문창과 입시도 전문가의 지도가 필요하다. 단기간에 초보자가 입시를 혼자 준비하기는 어렵다. 게다가 대학별, 장르별로 선발 방식이 달라 경험 많은 학원에서 준비해야 한다. 우리 괴테학원은 정식 등단하고 활발히 활동 중인 시인, 소설가, 극작가, 시나리오 작가들이 직접 첨삭 지도하는 전문 입시학원이다.

재석도 이런 학원에 다니고 싶었다. 혼자 글을 쓰고 훈련을 한다지만 누가 자기의 글을 봐주면서 앞에서 당겨 주면 좋겠다는 생각을 계속했다. 하지만 고청강 작가의 책을 읽다가 문구 하나를 발견한 뒤 남에게 의지해서 뭔가 하려는 생각을 끊었다.

내가 작가가 되어 글을 쓰는 이유는 일상을 글로 바꾸기 위해서다. 나의 하루하루는 늘 비슷한 것 같지만 전혀 다르다. 보편성 안의 특수성이다. 그렇기에 누구나 작가가 될 수 있다. 나만의 삶은 나만의 체험이고 나만의 인식이며 나만의 세계이기 때문이다. 주위 사람들은 그 누구도 나에게 글쓰기의 소재를 제공하는 그 이상도 이하도 아니다. 오롯이 나만이 나의 글로 나의 우주를 만들 수 있는 사람이다. 거기에 의도도 개입하고 사실도 들어가면 나의 경험과 상상 모든 것이 뭉뚱그려진다. 그렇게 허구가 만들어진다.

'그래, 허구를 만드는 일은 나의 연습과 노력으로 하는 거야. 그런 걸 누가 알려 주겠어? 멀리 보면 스스로 일어서야 해. 학원에 다닐 시간에 나는 우직하게 글을 쓸 거야. 이번에 안 되면 재수하지 뭐. 재수 경험도 글쓰기에 도움이 될 테니까.'

  아이들은 이런저런 이야기를 왁자하게 나누며 신나게 음식을 먹었다. 어느 정도 배가 부른 향금이 갑자기 포크를 마이크처럼 입 앞에 들고 선언하듯 말했다. 아이들이 모일 때마다 공식적인 이야기를 할 때면 항상 MC처럼 행동하는 향금이었다.

  "여러분, 이제부터 깜짝 발표가 있습니다. 자, 여기 있는 건 뭘까요?"

  향금이 손에 들고 있는 것은 봉투였다.

  "여러분에게 한 장씩 나누어 드리겠습니다. 여러분을 금안여고 47회 문화제에 초대합니다."

  아이들은 봉투를 받아 열어 보았다. 축제 초대장이 들어 있었다.

  "이게 초대장인 거야?"

  "금남의 금안여고 문이 일 년에 딱 하루 열립니다. 우리 중간고사가 끝나면 바로 축제가 열리니까 그때 꼭 와 주세요."

  "와, 축제라고오! 중간고사 공부도 진짜 열심히 해야 하겠는거얼?”

기명이 어깨를 으쓱하며 기대에 찬 표정을 지었다.

“왜? 축제랑 공부랑 무슨 상관이야?”

호진이가 곁에서 물었다.

“시험 잘 봐야 축제에 참여해도 마음이 편하잖아.”

“하하! 정말 모범생이 다 되었구나.”

성적이 올라간 뒤 기명은 놀라운 변화를 보였다.

“맞아, 시험을 망치고 여고에 가서 폼을 잡을 수는 없잖아아?”

은지가 웃으며 끼어들었다.

“아이고, 대단하시네요. 향금아, 나는 하늘이 안고 가도 돼지?”

“당연하지, 완전 환영합니다.”

기명이의 아버지인 남 사장은 한쪽에서 식사를 끝내자 아이들에게 음식을 더 먹으라고 이야기하고 가게에서 나갔다. 아이들은 자기들끼리 남으니 더 목소리가 커지면서 계속해서 이런저런 이야기를 나누었다. 주된 화제는 공부법에 대한 것이었다.

“나는 요즘 놀 때도 공부해야 한다는 생각에 많이 놀지를 못하겠어.”

민성의 말에 호진이가 말했다.

"민성아, 전에도 말했지만 노는 것도 계획적으로 해야 해. 모든 걸 통제해야만 성적을 올릴 수 있어. 국가대표 운동선수들을 봐. 밥 먹는 거부터 생활하는 거, 훈련, 자고 일어나는 거 등등 모든 것을 이십사 시간 관리하잖아. 그래야 국가대표가 되고 더 나아가서 세계적으로 성적을 내는 거야."

그러자 향금이 포크를 기명이의 입 앞에 대며 기자처럼 물었다.

"자자, 이번 성적 향상에 가장 큰 도움을 준 공부법은 무엇이었습니까?"

"복습하는 거였어어. 보담이 말처럼 중학교 참고서를 한 번 본 것도 도움이 많이 됐고오. 학교에서는 선생님이 말해 준 거 기억했다가 집에 오자마자 종이에다가 적었지이. 오늘은 뭘 배웠나 생각나는 대로 적다 보니까 처음에는 몇 개 생각이 나지 않았는데 점점 종이에 쓰는 양이 많아졌어어. 그런데 시험에 그때 키워드 적었던 것들이 많이 나오더라고오. 적으니까 기억도 잘 나고오."

"아, 역시 우등생의 비법은 복습인 건가요?"

보담이 맞다는 듯 고개를 끄덕였다.

호진이와 보담이는 이번 평가에서도 전교 일등을 했다. 둘은 공부 잘하는 아이들 특유의 고수가 고수를 알아본다는 듯한 표정으로 서로를 바라보았다.

아이들은 배부르게 먹고 식당에서 나와 아이스크림 가게로 걸어갔다. 그때 저만치에서 누군가가 달려왔다.

"어, 누가 우리 쪽으로 달려오는데."

호진이가 깜짝 놀라면서 말했다.

"저거 현규 같아."

"현규?"

민성의 말에 아이들은 다시 앞을 바라보았다. 정말 현규가 황급하게 달려오고 있었다. 재석이 앞에 나서서 막았다.

"무슨 일이야?"

현규가 자신들을 공격하려는 것인 줄 알고 재석은 현규를 붙잡아 세웠다. 그런데 현규의 얼굴에는 피멍이 들어 있었고, 코피가 흘렀다.

"아니, 너 왜 이래?"

현규의 뒤쪽을 바라보니 몇몇 패거리들이 쫓아오는 것이 보였다. 민성과 기명은 본능적으로 싸울 준비를 했다. 하지만 재석과 민성, 기명이 현규를 뒤로 돌려 감싸는 것을 보자 쫓아오던 녀석들이 슬금슬금 뒷걸음질을 치며 돌아갔다. 입은 교복을 보니 인근 학교에 다니는 일진 녀석들이었다.

은지와 보담, 그리고 향금은 현규의 얼굴에서 흐르는 피를 보고는 어쩔 줄을 몰라 했다. 은지는 서둘러 가방에서 반창고를 꺼내 건넸다.

현규의 사연을 듣다

    여자애들은 보내고 남자애들만 다시 부근의 카페에 자리 잡고 앉았다. 2층 주택을 개조해 전체적으로 하얗게 칠하고 큰 창을 많이 내 불광천을 조망할 수 있게 만든 멋진 카페였다. 쫓아오던 패거리가 주춤거리다 사라지자 현규도 그냥 가겠다고 고집했다. 하지만 재석과 민성, 기명이 그런 현규를 붙잡아 데리고 온 거였다.

    현규는 고개를 숙이고 있었다. 화장실에 가서 상처를 닦고 은지가 건네 준 반창고를 붙인 뒤 풀이 죽어 앉아 있는 거였다. 재석과 민성, 그리고 기명의 표정은 심각했다.

"무슨 일이냐?"

"……."

현규는 대답하지 않으려고 했다.

그때 호진이가 마치 현규의 마음을 읽었다는 듯 나섰다.

"현규야, 너 공부하고 싶지?"

"아, 아니."

현규는 고개를 들고 부정하려다 호진이의 지적인 카리스마에 눌렸는지 고개를 숙이고 마지못해 하는 듯 고개를 끄덕였다.

"너 민석이한테 시험 답안 보여 달라고 하는 거 보니까 공부하고 싶었던 것 같았어."

그때 민성이 그럴 리 없다는 듯 나섰다.

"야, 애는 쌍날파 명령에 따라서 대학교 가서 학생회장 이런 거 해서 못된 짓 하려는 거야. 내가 들은 이야기가 있어. 공부를 악용하려는 놈들이라고."

"에이, 설마 그렇겠어? 공부는 자기를 위해서 하는 거지, 조직이 공부하라는 곳이 어디 있냐?"

호진이가 부인하자 민성은 자신의 전공을 살려 반박했다.

"영화도 못 봤냐? 〈두사부일체〉 영화에서 조직 폭력배가 학교로 오잖아. 그런 거하고 비슷해. 이 기사 봐봐."

민성이 스마트폰을 꺼내 기사를 찾아 호진이에게 보여 주었다. 그 사이에도 현규는 입을 다물고 있었다. 그러자 기명이 나섰다.

"현규야, 우리들이 스톤 다 해체하고 나왔는데 너한테 또 애들이 다시 뭉쳤냐아?"

"형, 그런 것 같아. 촉이 오네. 옛 버릇 못 버리고 들썩거려."

재석이 말했다. 그러자 스톤의 리더였던 기명이 갑자기 현규 앞에서 무릎을 꿇었다.

"내 죄가 크다아. 네가 기분이 풀릴 때까지 나를 때려라아. 너희들은 두고 나 혼자 공부한다고, 이렇게 성적 올랐다고 오늘 파티나 열고……. 부끄럽기 짝이 없다아. 아빠는 되어서 후배들을 제대로 이끌지 못했으니 마음껏 때려."

"아니야, 형."

현규가 고개를 저었다. 그러면서 갑자기 울컥했는지 눈에서 눈물이 떨어졌다.

"재석이가 민성이랑 같이 나가고 형들 잘리고, 스톤도 해체되니까 우리들은 갈 데가 없었어."

일진이었던 아이들도 사실은 외로웠다. 학교 밖에서는 비행청소년이고 학교 안에서는 암적인 존재로 취급되기 때문이다.

"그래도 바깥 형님들이 우리를 챙겨 주었는데 그런 형님들이 계속 조직을 만들라는 거야."

"우리 학교에서 불량서클 다시 만든대?"

"그러려고 하지만 애들이 다 빠져나가 모범생의 길로 들어갔잖아. 조직을 만들 수가 없어서 불려가서……."

모든 걸 알 수 있었다. 오늘도 끌려갔고 다른 학교 아이들을 동원해 때린 거였다.

"이렇게 맨날 맞았어?"

재석이 물었다.

"응, 이번이 두 번째야. 성적이 안 나오고 아이들도 포섭 못해서 겸사겸사 맞기 시작한 거야. 이대로 맞다가 죽겠다 싶어서 도망치다가……."

쌍날파의 전략이 바뀌었다. 공부 좀 하는 아이들을 조직원으로 뽑으려고 했다. 공부해서 대학을 가라는 명령도 내려왔다. 심지어 공부를 시켰는데도 성적이 올라가지 않으면 벌로 체벌을 당한다는 거였다.

"무식하게 하는구나! 맞으면서 한다고 성적이 올라?"

"내가 그래도 머리가 좀 있다고 공부하기로 했는데 이번에 성적을 못 올려서 맞았잖아."

"민석이가 커닝 안 시켜 주어서?"

"사실, 그건 애초에 포기했어. 나 공부하는 법 책도 도서관에서 빌려다 봤다고."

학기 초의 사서 샘에 대한 열기는 몇 달이 지나면서 식었다. 이제 도서관은 언제 가도 필요한 자료를 구해 볼 수 있는 곳이 되었다. 사서 샘도 처음의 미숙함에서 벗어나 도서관 업무에 익숙해졌다. 무엇보다도 도서관에서 작가와의 만남이나 독서 프로그램을 의욕적으로 많이 준비했다.

그런 사서 샘에게 찾아가 현규는 성적 올리는 법에 관한 책을 알려 달라고 해서 벌써 여러 권 빌려다 보았다고 했다. 사서 샘은 《고2 공부방법》,《공부가 제일 즐겁다》 등의 책을 권해 주었다. 심지어 《공부가 제일 즐겁다》는 샘을 사서로 만들어 준 책이라며 추천했다.

'현규야, 나도 학교 다닐 때 노는 동아리에 들어가서 친구들이랑 놀러만 다녔어. 그러다 이 책을 읽은 다음 마음잡고 공부한 거야. 진짜 즐거움은 친구들이랑 어울려 다니는 게 아니라는 걸 알게 되었거든.'

"그렇게 사서 샘 추천도서를 빌려다 읽었는데 어땠는지 알아?"

아이들은 현규의 다음 말에 귀를 기울였다.

"책 내용을 차분하게 읽을 수가 없는 거야. 좀이 쑤셔서. 더 비참한 건 읽다가 졸려서 책에 머리 박고 잠까지 잤어. 그러니 나는 주먹질이나 하고 그 안에서 빠져나오지 못할 팔자구나 싶었어. 그만두려고 해도 어떤 보복을 당할지 모르고."

재석은 현규의 말을 이해할 수 있었다. 자기도 그렇게 당했기 때문이다.

"현규야, 이참에 너도 완전히 벗어나라. 공부도 하고."

"난 안 될 거 같아. 할머니 할아버지랑 사는데 돈이 없어서 학원도 못 다니고 과외도 못 하잖아."

"……."

처음 듣는 현규의 사연에 아이들은 입을 다물었다. 그런 아픔이 현규에게도 있는 줄 몰랐다.

"그리고 나는 기초가 없어."

그 말에 기명이 어깨를 으쓱했다.

"야, 기초 부족은 똑같아아. 나를 봐. 1학년으로 꿇고 들어갔잖아아. 그래도 이번 시험에서 중간은 했어어. 너도 이제부터 하면 돼에."

그 말에 현규는 흐느끼기 시작했다.

"우리 할아버지가 나 대학 가는 거 보고 죽고 싶다 그랬는데. 흑흑! 쌍날파에서 빠져나올 수가 없어. 너무 무서워. 나는 아빠 엄마도 없잖아. 너희들처럼 난 실드가 없어."

그 말에 재석이 토를 달았다.

"나도 아빠 없어."

"나는 너처럼 몇백 대 맞고 탈퇴할 만한 용기도 없어."

"내가 백오십 대는 맞아 줬어."

민성이 이런 일에 자기도 빠질 수 없다는 듯 말했다.

"그래, 나는 재석이처럼 좋은 친구도 없어. 민석이가 그나마 중학교 동창인데 이 녀석이 시험을 보는데 나한테 답을 안 가르쳐 주는 거야. 그놈이 좀 커닝을 시켜 줘야 내가 형님들한테 맞지 않을 텐데."

재석은 답답했다. 무엇을 어떻게 해야 할지 알 수가 없었다. 무작정 변변에게 전화를 걸었다. 밤늦은 시간이었지만 변변은 전화를 받았다.

"변호사님, 저 재석이에요."

옆에서 아이들이 떠드는 걸 보니 아마 가족과 함께 있는 거 같았다.

"어, 재석이가 웬일이냐?"

"의논할 게 있습니다."

아이들은 일제히 통화하는 재석의 입만 바라보았다.

변변과 줌 회의를 하다

밤 열한 시, 변변이 보내 준 링크로 아이들은 일제히 들어갔다. 변변에게 재석이 현규의 문제를 상담하자 변변이 줌으로 회의를 하자고 제안했기 때문이었다.

가족 모임을 마치고 아이들까지 재운 다음이어서 변변의 복장은 트레이닝 차림으로 아주 간편했다. 차례로 재석과 민성, 보담과 향금, 그리고 기명의 얼굴이 줌 회의실에 떴다. 현규는 부끄러운지 카메라를 꺼 놓은 상태였다.

"그래, 너희들 모두 들어왔구나. 반갑다."

"안녕하세요?"

모두 마이크를 켜고 인사를 나누었다.

이런저런 안부를 묻고 나서 변변이 본격적인 이야기로 들어갔다.

"그래, 너희들 공부는 열심히 하고 있니?"

"네, 기명이 형은 성적이 올랐습니다."

재석의 대답을 듣고 변변은 고개를 갸웃하고 입을 열었다.

"그런데 재석아, 기명이가 아무리 네게 형이어도 나에게는 어린 학생일 뿐이니까 어른에게 말할 때는 기명이라고 해야 해."

"아, 죄송해요. 존댓말이 어려워서요."

"어려워도 잘 익혀서 쓸 줄 알아야지. 그래, 재석이 너는 성적이 어때?"

"저는 조금 별로예요. 쩝!"

이럴 때 당당하게 말할 수 있다면 얼마나 좋을까 하는 생각이 들었다. 보담에게도 면목이 없었다.

"그래. 성적은 투입시간에 비례해서 올라가는 게 아니란다. 계단식으로 상승하니까 끊임없이 에너지를 투입하다 보면 어느 순간 성적이 향상되어 있을 거야. 그래도 다들 꾸준히 노력하고는 있는 거지?"

"네."

아이들이 일제히 대답했다. 카메라는 끄고 있었지만 현규

역시 열심히 변변의 이야기를 듣고 있었다.

"공부하는 마음이 생기지 않더라도 딱 삼십 분, 딱 이십 분만 하면서 조금이라도 하는 게 중요하다. 내가 옛날에 사법고시 공부할 때 어떻게든 하루에 이십 시간 가까이 공부하겠다는 마음으로 했지만 그게 안 된다고 실망할 필요는 없어. 조금이라도 공부하는 시간을 쌓아 가야 하는 거야. 시간 날 때마다 책을 펼치고 공부해 보려고 시도하면 몸이 알고서 따라와."

"네, 다음 시험 때는 꼭 더 노력해 볼게요."

"그래. 좋은 공부 습관을 키우고 쓸데없이 시간 낭비하는 습관을 버려야 해. 수업 시간에는 질문도 한 번씩 하고. 그러면 선생님이 한 번이라도 더 관심을 가지고 쳐다봐 주지. 선생님이 나에게 관심을 가지시는구나 하고 인지하면 더 열심히 공부하게 된단다."

변변은 차분하게 이야기를 해주었다.

"선생님과의 관계가 좋아지면 그 과목이 좋아지고 자기 실력의 한계에 도전해서 좀 더 열심히 하게 되지. 그래, 오늘 뭐 나한테 원하는 게 공부에 대한 강의는 아닐 거고 너희들이 지금 불량서클과 조폭 때문에 고민하고 있다면서?"

대화가 본론으로 들어갔다.

"네. 현규라는 친구가 와 있는데요. 조폭들이 공부하지 않으면 안 된다고 겁을 주고, 조직에서 빠져나오고 싶다는데 손을 쉽게 씻지 못하게 하는 모양이에요."

"그래, 폭력은 우리 사회에 암적인 존재야. 조폭 사건으로 문제가 많이 발생해."

"어떻게 하면 좋을까요?"

"재석이 너는 매 맞고 불량서클 나왔다면서?"

또 그 얘기가 나오자 민성이 절대 빠질 수 없다는 듯 끼어들었다.

"네, 제가 백오십 대는 맞아 줬어요."

"너희들 우정이 참 멋지다. 그 서클 어떻게 해체되었지?"

"저희 할아버지께서요, 교장 선생님하고 잘 아시는 선후배 관계세요."

보담이 부라퀴의 이야기를 했다.

"응, 그랬구나."

"재석이가 서클 아이들 명단을 다 드렸더니 할아버지가 교장 선생님께 전달해서 핵심 아이들을 다른 학교로 전학시키거나 퇴학시켜 강제 해산했어요. 남은 아이들은 더 이상 문제 일으키지 않겠다고 각서를 쓰게 만드셨어요."

"참 훌륭한 어르신이구나. 우리 사회에 그런 어르신이 많이 계셔야 할 텐데. 벤저민 프랭클린 같은 분이네."

"벤저민 프랭클린요?"

"그 얘기는 이따 하기로 하고. 얘들아, 조폭들 범죄는 학교 폭력과 연결되어 있어. 조폭은 끊임없이 청소년을 새롭게 수혈받아야 운영되기에 오래전부터 학생들을 이용해 왔지. 그래서 경찰은 '범죄와의 전쟁'이라고 해서 조폭을 일제히 소탕한 적도 있단다. 너희들, 아프리카나 제3세계에 있다는 소년병 이야기는 들어 봤니?"

"소년병이요? 몰라요."

"소년병은 열 살 남짓한 아이들에게 무기를 쥐어 주고 싸우게 하는 거야. 세상에 대한 경험도, 아는 것도 없는 아이들을 세뇌시켜서 명령을 수행하게 하지. 소년병은 너무 어려서 아직 사리 판단이 안 되기 때문에 잔인하게 적들을 처단해. 명령만 내리면 AK소총의 방아쇠를 아무 죄의식 없이 당겨버려."

AK소총은 다른 소총에 비해 가볍고 다루기 쉬운 데다 매우 저렴하다. 하지만 이 장점 때문에 어린이들도 손쉽게 사용한다는 문제가 있다. 게다가 소년병은 적게 먹고, 비용도 덜 드는 데다 어른들이 시키는 대로, 훈련받은 대로 고분고분 따른다.

소년병은 총에 맞아도 죽지 않는다는 부적을 목에 걸고, 총구를 겨냥하면 두려움에 떠는 어른들의 모습에 뭐라도 된 양 희열을 느끼며 거침없이 살육을 벌인다. 결국 어떤 경우에도 후퇴하면 안 된다고 세뇌되어 죽거나 살더라도 갈 곳이 없어진다. 살아남아도 어릴 때의 트라우마를 극복하지 못한다.

하지만 어린이를 망치는 건 그 나라의 미래를 망치는 행위다.

"정말 무섭네요."

변변의 말을 들은 아이들은 몸을 부르르 떨었다.

"그래, 청소년기가 질풍노도기인 것을 역으로 이용하는 거지. 조폭들이 학교 일진들과 선을 대는 것도 비슷한 맥락이야. 자기들이 가스라이팅하면 맹목적으로 부려 먹을 수 있으니까. 중요한 청소년기에 그런 환경에 선불리 빠져들면 헤어나오기가 힘들단다. 지금 주먹을 휘두르거나 불량서클에 가담해 노는 것은 미래의 삶을 망치는 일이 될 수 있어. 더 깊이 빠지기 전에 일단 멀어져야 해."

변변은 크게 한숨을 쉬었다.

"그런 다음에 미래를 위해 공부에 집중할 수 있는 환경을 만들고 습관을 길러야 하는데 여기서 제일 중요한 건 본인의 의지야. 현규는 의지가 있니?"

잠깐의 침묵이 흐른 뒤 현규의 대답이 들려왔다.

"네. 하지만 도와줄 사람이……."

"걱정하지 마. 이렇게 좋은 친구들이 널 돕지 않니?"

기명도 걱정스레 물었다.

"변호사님, 어떻게 하면 좋을까요오? 쌍날파는 집요합니다아."

"응. 대부분 걔네들의 보복을 두려워하는데 내가 아는 변호사나 경찰서에 있는 사람들 얘기를 들으니 112에 신고하는 게 제일 좋단다. 그럴 때 우리를 지켜 달라고 세금 내면서 유지하는 게 경찰이니까."

"그래도 신고하면 보복이……."

"보복이 두려워서 문제를 덮는 경우가 많은데 오히려 더 신고해야 해. 유흥업소 같은 곳에서 보면 동네 조폭들이 불법을 신고하겠다는 식으로 약점을 잡아서 돈을 뜯고 오랫동안 괴롭히니까 신고를 못 하는데 경찰이나 검찰에서는 신고를 항상 기다리고 있단다. 그리고 신고가 들어가면 사실 조폭들도 두려워하지. 사건이 커지면 내가 도와줄게."

"아, 그렇군요. 하지만……."

현규는 신고까지는 엄두도 내지 못하는 거 같았다.

"일단은 현규가 의지를 가지고 그곳에서 벗어나겠다는 생각을 하는 게 중요해."

"노력해 볼게요."

"용기를 내라. 친구들이 다 도와주잖니."

모두 현규에게 힘내라고 응원했다.

"너무 걱정하지 말아라. 다시 한 번 말하지만 언제고 어른의 도움을 청해라. 그게 가장 확실해."

변변 역시 힘을 보탰다.

변변이 이야기를 마치고 나가려고 하자 보담이 마음속에 담아 두었던 걸 물었다.

"아까 말하신 프랭클린 얘기는 뭐예요?"

"벤저민 프랭클린은 미국 건국의 아버지인데 스티븐 코비라는 미국 자기계발 작가가 이 프랭클린이 평생 지킨 규율을 정리했단다. 자세한 건 너희들이 검색해 보면 다 나올 거야."

"네, 고맙습니다."

변변이 재석에게 호스트 자리를 넘겨주고 나간 뒤로도 아이들끼리 남아 이런저런 이야기를 나누었다. 재석은 얼굴을 드러내지 못하고 있는 현규에게 용기를 주는 것이 급선무라고 여겼다.

"현규야, 우리 엄마 가게에서 모여 공부하니까 너도 언제 그곳에 와."

하지만 현규는 대답하지 않았다. 탈퇴하려면 매를 맞는 것은 피할 수 없다고 여겨 두려워한다는 게 느껴졌다. 매를 맞으면서까지 쌍날파에서 나오라고 할 수는 없었다. 그것은 정상적인 일이 아니었기 때문이다.

"현규야아, 내가 무슨 큰 도움을 주지는 못하고 있지만 일단 의지를 가져야 해에. 지금 고통스러워도 나중에 이겨 낼 수 있어어."

"형, 알았어. 다들 고맙다."

그렇게 그날의 줌 회의는 끝이 났다.

현규에게 스톱워치 집중법을 알려 주다

스톱워치가 째깍째깍 소리를 내며 시간이 여지없이 흘러감을 알려 주었다. 불광천변 재석의 어머니 공방 울재석, 모여 앉은 아이들은 모두 초집중하여 공부를 했다.

중간고사가 바로 다음 주로 다가온 것이다.

한자리에 모였지만 각자 자기 스타일로 공부에 빠졌다. 아기를 봐야 해서 조금 있다가 온다고 한 기명 대신 새로운 얼굴로 현규가 한 자리를 차지했다.

현규가 재석을 찾아온 것은 얼마 전의 일이었다.

"재석아, 나도 너희들처럼 공부하고 싶어."

"그래 환영해. 우리 엄마 공방에서 토요일에 한 번 만나서 공부하자."

재석은 현규가 모처럼 공부한다고 하는 이 기회를 놓치고 싶지 않아 친구들에게 당부의 말을 했다.

"얘들아, 현규가 우리 공부하는 거 보고 싶다고 그러니까 중간고사로 바쁘겠지만 좀 도와주자."

보담과 민성, 향금은 이런 일에 앞장서는 아이들이었다.

"좋아, 그날 내가 준비를 해 갈게."

보담이 적극적으로 나섰다.

현규는 전화번호도 바꾸고 쌍날파와 손절했다고 말했다. 현규의 이야기를 다 듣고 보담은 손안에 쏙 들어가는 《집중력 향상의 왕도》라는 책 한 권을 보여 주었다.

"현규야, 이거 집중력을 높이는 여러 가지 방법을 알려 주는 책이야. 나도 몇 가지를 활용하고 있는데 아주 좋아. 사람마다 집중력의 한계가 다른데 자신에게 맞는 방법으로 집중력을 키워야 해. 명상도 좋고, 운동도 좋지."

향금도 자신의 경험을 말했다.

"집중력이라고 하면 나도 할 말이 있지. 연습 때는 못 하다가도 무대에 올라가면 진행이나 멘트를 잘하는 아이들이 있어. 개네들은 무대 체질이라서 그렇다고 하지만 사실은 제한된 시간 안에 자신을 표현하는 훈련이 많이 된 아이들이야."

보담이 책을 훑어보는 현규를 보고는 스마트폰의 스톱워치 기능을 켰다.

"전에 다른 아이들에게는 말했지만 나는 집중력을 높이려고 스톱워치를 활용해. 스톱워치로 시간을 맞춰 놓고 그 시간 동안은 마치 전투를 벌이듯이 집중해서 공부하는 거지."

재석도 운동할 때 정해진 시간 안에 턱걸이나 팔굽혀펴기를 몇 개 하나 도전해 봤던 기억이 났다. 그렇게 제한을 하면 몸에서 아드레날린이 분비되며 터질 듯한 긴장감으로 힘이 샘솟았다.

"스톱워치로 집중도를 높이면서 공부하다 보면 공부 근육을 키울 수 있어. 기명이 오빠도 이 방법으로 효과를 봤지. 일단 스톱워치를 삼십 분에 맞출게. 각자 그 안에 완전히 집중해서 공부해야 해."

보담은 수학, 재석은 국어 문제집을 풀기로 했다. 향금과 민성은 사회 한 챕터를 외우고, 현규도 과학 한 챕터를 공부하겠다고 했다.

"자, 이제 스톱워치를 누를게."

보담이 스톱워치 기능을 실행하자 공방 안에는 긴장감이

감돌았다. 아이들은 순식간에 공부에 몰입했다.

어차피 공부는 자신과의 싸움. 이겨 내지 못하면 실패만 있을 뿐이었다. 얼마 후 시간이 다 되어 스톱워치가 삑삑대자 보담이 말했다.

"이제 그만하자."

그렇게 한 타임이 끝나자 아이들은 모두 숨을 내쉬었다. 그런 다음 각자 공부한 분량을 확인했다.

"와, 공부가 엄청 잘돼."

처음 스톱워치 공부법을 경험한 현규는 감탄했다.

"그렇지? 이렇게만 쭉 공부하면 성적도 금방 올라갈 거야. 여기서 중요한 것은 잠깐씩 쉬어 줘야 한다는 거지."

그때였다. 공방 문 밖에서 고함소리가 들렸다. 뒤이어 길가에 쌓아 둔 물건이 무너지는 소리도 들렸다. 누군가 싸우는 거였다.

아이들은 일제히 바깥으로 후다닥 튀어나갔다. 공방 앞 도로에서 폭력배 둘과 기명이 밀고 당기며 대치하고 있었다.

"이 자식들! 여기서 공부한다고? 현규 어디 있어?"

그들은 연락이 끊긴 현규를 찾아 여기까지 온 듯했다.

현규가 망설이다 나섰다.

"나 여기 있어요."

현규는 떨고 있었다.

재석은 그들이 낯이 익었다. 옛날에 한 번 본 것 같았던 쌍날파 하부 조직원들이었다. 하나는 금팔찌를, 또 하나는 머리에 포마드를 발랐다. 그들이 현규를 데려가면 또 괴롭힐 것이 뻔했다.

재석은 자신도 모르게 앞으로 나섰다.

"현규 공부해야 해요! 이제 쌍날파와는 완전히 인연을 끊을 거니까 그만 현규를 놔주세요!"

재석이 나서자 폭력배들은 재미있다는 듯 드잡이하던 기명이를 놓고 다가왔다.

"네가 그 잘난 재석이구나!"

"범생이가 됐다는 녀석이군. 그래, 이리 좀 와 봐라. 뭐 공부? 공부우?"

금팔찌가 건들거리며 다가와서는 재석의 뺨을 벼락같이 후려쳤다.

"어머!"

보담과 향금이 놀라 비명을 질렀다. 민성이 주먹을 쥐며 뛰어나가려고 했지만 재석이 기척을 느끼고 뒤로 손을 내저었다.

재석은 돌아간 고개를 제자리로 서서히 돌렸다. 의도한 대로 뺨을 내주고 맞았다. 치고받고 싸울 수도 있었지만 여기서 드잡이를 하면 가게가 파손된다든가 하는 문제가 생길 수 있다. 엄마의 공방이 있는 상가의 주인은 건물 주변을 온통 CCTV로 도배하다시피 했다. 그러니 맞는 장면이 모두 찍혔을 것이 분명했다. 재석은 그걸 노리고 있었다.

"이제 그냥 가세요."

재석이 화를 눌러 참으며 낮은 목소리로 말했다.

"뭐라구! 이 자식이! 공부한다고 우릴 깔보냐?"

다시 한 번 금팔찌의 오른쪽 주먹이 날아왔다. 재석은 번개같이 그 손목을 붙잡았다. 힘과 힘이 부딪쳐 금팔찌와 재석의 팔 전체가 부들부들 떨렸다. 재석은 버텼다.

"어쭈! 이 녀석이?"

그때 현규가 앞으로 나왔다.

"형님, 애네들은 잘못 없어요. 내가 갈게요."

현규가 모든 걸 체념한 듯 말하자 기명이 막았다.

"현규, 가지 마라아!"

기명은 금팔찌와 포마드 두 사람에게 애원했다.

"형님, 현규 공부한다잖아요? 놔주세요. 저도 공부해 보니까요, 정말 학생은 공부를 해야 살 수 있어요."

다급해지자 늘어지던 기명의 말투도 달라졌다.

"이 자식, 너는 말이 많아! 형님이 너는 장가갔다고 봐줬는데 이게 벼슬이라도 하는 줄 아냐?"

보담과 향금도 떨리는 목소리로 나섰다.

"우리 현규 놔주세요."

"공부하게 해주세요."

폭력배들은 어처구니없다는 표정이었다. 포마드가 이죽거렸다.

"그동안 빌렸던 돈은 갚아야 할 거 아니야?"

현규가 돈 문제에 엮여 있다는 건 난생처음 들었다.

"현규 너 돈 빌렸냐?"

재석의 질문에 현규는 고개를 젓는 것도 아니고, 끄떡이는 것도 아닌 표정이 되었다.

"그동안 용돈 준 거 다 갚으래. 그거야."

"뭔지 알겠어. 용돈이라고 줄 때 갚으라고 준 거 아니잖아요? 그냥 주는 게 용돈이지."

재석이 따지고 들자 금팔찌가 다시 주먹을 날렸다. 재석도 그것까지는 맞을 수가 없었다. 이제는 싸워야 했다. 주먹을 피하고 나서 금팔찌의 명치에 펀치를 날렸다.

"윽! 이게!"

졸지에 울재석 앞에서 난투극이 벌어졌다. 포마드가 길가의 쓰레기통을 들어 기명을 가격했고, 민성은 금팔찌에게 날

라차기를 했다. 골목길에 쓰레기가 눈송이처럼 날리고 고함 소리가 어지러웠다. 재석은 몇 대 맞고 또 몇 대를 때렸다.

그때 어디서 나타났는지 순찰차가 경고음을 내며 출동했다.

"경찰이다! 튀어!"

금팔찌와 포마드가 반대 방향으로 튀는 걸 재석과 기명이 쫓아가 덜미를 잡아 내동댕이쳤다. 그 순간 순찰차 문이 열리고 경찰관들이 달려와 길을 막았다.

"무슨 일이냐?"

"조직 폭력배들이 우리를 때렸어요."

"쌍날파예요."

금팔찌와 포마드는 당황한 기색이 역력했다. 빈틈으로 도망가려다 경찰관이 양팔을 벌리며 막자 주춤했다.

"잠깐! 모두 지구대로 가시죠!"

사건이 벌어질 조짐을 보이자 일찌감치 경찰에 신고한 건 다름 아닌 보담이었다.

문학의 밤 행사에서 글을 발표하다

금안여고 시청각실은 인근 학교에서 모여든 아이들로 북적였다. 이곳에서 오늘 밤, 문학의 밤 행사가 열렸다.

머리를 단정하게 깎은 재석과 아이들은 꽃다발을 들고 객석에 앉아 있었다. 중간고사가 끝나서 다들 홀가분한 마음으로 금안여고 축제에 놀러 왔다. 현규와 호진이는 뒷줄에서 어제 끝난 시험 이야기를 나누고 있었다.

현규는 밝은 얼굴로 말했다.

"야, 나 이번에 성적이 좀 올라갈 것 같아."

"또 커닝시켜 달라고 한 거 아니야?"

재석이 빙글거리며 몸을 돌려 물었다.

"아니야. 완전히 내 실력으로 본 거야."

하지만 아이들의 이야기를 들으면서도 호진이의 얼굴은 굳어 있었다. 어려서부터 공부 외에는 별로 한 게 없는 호진이는 이런 문화행사가 낯설었던 것이다.

"호진아, 너 어디 아프냐?"

"여, 여학생들이 너무 많은 거 같아."

호진이의 입이 마른 듯한 건조한 목소리를 듣자 아이들은 모두 배를 잡고 웃었다. 순진한 호진이에게 여학생들이 북적북적한 이런 장소는 낯설고 어색할 수 있었다.

"하하하! 이 녀석, 여자애들 많으니까 긴장했어."

짓궂게 민성이 호진이를 놀렸다.

"호진아, 금안여고에 좋은 애들 많아. 말만 해라. 향금이한테 소개해 주라고 할게."

"어우, 야! 누가 들어. 그런 소리 하지 마."

호진이는 부끄러워 어쩔 줄 몰라 했다. 얼굴까지 빨개진 호진이를 보며 재석은 이렇게 호진이가 공부에만 몰입했기에 우수한 성적을 거둔 거라고 생각했다. 이 세상에 공짜는 없다는 명언을 떠올리며 고개를 끄덕였다.

재석의 가방에는 매일 열 개씩 외우려고 정리해 놓은 영어 단어장이 들어 있었다. 잠깐이라도 짬이 나면 그걸 꺼내 단어를 외우기로 했다.

"아, 금안여고 애들은 어떻게 행사를 준비했나 궁금한걸."

민성이 좀이 쑤셔 못 견디겠다는 듯 기지개를 켰다. 설레는 마음으로 아이들은 문학의 밤 행사가 시작되기를 기다렸다.

"여러분, 오래 기다리셨어요. 안녕하세요? 저는 금안여고 일타 사회자이자 한미모하는 문향금입니다."

무대에 올라 향금이 유머러스하게 사회를 봤다.

"와!"

장내는 금세 박수와 함성으로 가득 찼다.

"역사와 전통을 자랑하는 금안여고 문학의 밤 행사에 와주셔서 감사합니다. 오늘 저희 금안여고의 재주꾼과 문학소녀들이 모두 나와서 여러분에게 감동과 기쁨을 선사하겠습니다. 문학의 향기에 흠뻑 취해 보시기를 바랍니다. 순서는 여러분들이 갖고 계신 프로그램에 다 나와 있고요. 이제 첫 축하공연으로 저희 금안여고 댄스팀 워리어의 스트리트 댄스 공연이 있겠습니다. 뜨거운 박수로 맞아 주세요."

음악이 시작되자 탱크탑을 입고 짙은 화장을 한 금안여고 댄싱 크루 워리어가 나와 격렬한 춤동작을 보여 주었다. 순간 실내는 뜨거운 함성과 박수 소리로 들끓는 도가니가 되었다.

'이래서야 어디 차분한 문학의 밤 행사라고 할 수 있나?'

재석은 순간 회의가 들었지만 이내 생각을 고쳐 먹었다. 저 노래의 가사와 멜로디 역시 누군가 공부해서 썼을 것이고, 그에 맞춰 가수가 불렀으며, 춤추는 아이들은 자기 생각을 몸으로 보여 주는 거였다. 크게 보면 그 역시 문학이었고, 글이었으며, 콘텐츠였다.

격렬한 댄스가 끝난 뒤 본격적으로 학생들이 한 명씩 나와 자신이 쓴 시나 산문을 읽어 나갔다. 재석은 은근히 긴장하고 있었다. 그 이유는 오늘 재석도 이곳에서 자신이 쓴 글을 발표해야 하기 때문이었다.

행사 분위기가 점점 고조될수록 아이들은 문학의 정서에 취했다. 어떤 아이는 시를, 어떤 아이는 수필이나 꽁트를 읽었다. 드디어 외부 초대 손님의 작품 발표 순서가 되었다.

향금이 마이크를 잡고 말했다.

"여러분, 우리 행사에는 다른 학교에서 온 청년 문인의 발표 시간도 있습니다. 오늘 황재석 군이 이 자리에서 자신의 작품을 발표합니다."

소개받은 재석은 성큼성큼 무대 위로 올라갔다.

"안녕하십니까? 황재석입니다."

여기저기서 환호성이 터져 나왔다.

"저는, 아시는 분은 아시겠지만 어둠의 세력과 결별하고 이제 꿈인 작가가 되기 위해 달려가고 있습니다."

"하하!"

시청각실을 가득 채운 아이들은 모두 웃음을 터트렸다.

"여러분, 부족한 글이지만 잘 들어 주십시오. 꿈에 대한 저의 생각입니다."

한참의 의미

과거 나는 집중력이 약할 때 한참 공부했다고 생각하며 시계를 본 적이 있다. 그런데 고작 오 분밖에 지나지 않은 걸 발견했다. 나의 짧은 집중력이 너무나 부끄러웠다. 같은 반에 있는 공부 잘하는 아이들에게 물었다.

"너는 한참 공부하면 어느 정도 하냐?"

"글쎄? 서너 시간 정도면 한참 한 거지. 시간이 순삭되더라구."

녀석의 한참 공부한다는 것은 나와 차원이 달랐다.

과거, 운송수단이 말이었을 때 말의 지구력은 약 12킬로미터, 30리라고 한다. 쉬지 않고 그 거리를 달려가면 말도 지친다. 그래서 12킬로미터마다 역참이 있어 그곳에서 말을 갈아탔고 타고 온 말을 쉬게 해주었다. 역참과 역참 사이의 거리가 '한참'이었다. 한참을 간다는 말은 12킬로미터를 말을 타고 간다는 거다.

나에게 한참은 무엇일까? 고작 100미터가 아니었을까?

인생은 100세까지라고 이야기한다. 어떤 작가는 청소년은 인생을 100세라고 할 때 1년을 1조 원으로 계산해서 80조에서 90조 원의 재산을 가진 거라면서 부러워했다. 우리의 삶은 한참 많이 남은 거다. 그 한참의 삶을 과연 어떻게 꾸미며 살아야 할까? 용기와 열정, 꿈과 희망이 없다면 그 한참의 길이는 정말 괴로운 한참이 될 것이다.

원래 길게 쓴 글이었다. 하지만 재석은 제한된 발표 시간에 맞춰 글을 압축해 독자, 아니 청중들에게 강한 임팩트를 주려고 했다. 효과가 있었다. 낭독이 끝나자 학생들은 환호하며 모두 박수를 쳤다.

"와! 최고다."

"감동이다! 잘 쓴다!"

재석의 글솜씨를 드디어 만천하에 알린 것이다. 객석의 보담도 상기된 얼굴로 손가락 하트를 보여 주었다. 그것을 보자 재석은 가슴이 콩닥콩닥 뛰었다.

이런저런 프로그램을 즐기다 보니 문학의 밤 행사가 모두 끝났다. 금안여고 교문을 나란히 걸어 나오는 재석 일행은 모두 들뜬 기분이었다. 주먹이나 휘두르던 현규는 당연히 이런 행사에 처음 와 보았다.

"와, 이게 진짜 멋진 행사구나. 아까 그 여자애? 누구냐? 금안여고 문예부장."

현규가 한 여학생에게 관심을 보이며 향금에게 물었다.

"미연이야. 독후감 대회랑 문학 대회에서 상도 많이 받은 애야.”

먼저 간 호진이를 빼고 남은 아이들은 글과 문학과 감동에 대해 이런저런 이야기를 나누며 식사를 하기 위해 전의 그 퓨전 레스토랑으로 향했다.

“여름 방학에 어디 놀러 갈 거야?”

“글쎄? 공부해야 하니까 가까운 데 하루만 갔다 오면 좋을 것 같아.”

“을왕리 해수욕장 가자. 가까워. 인천공항 옆이야.”

이렇게 아이들은 여름 방학 계획을 이야기하며 길을 걸었다.

그때 옆에 있던 시커먼 자동차 문이 갑자기 열리며 화려한 셔츠를 입은 조직 폭력배들이 길가로 내려섰다.

“야, 너희들 나 좀 보자.”

쌍날파가 또 나타난 거였다. 그들은 자신들의 조직 확산을 위해서 현규를 어떻게든 뺏겨서는 안 된다고 생각했다. 게다가 재석과 조직원이 충돌했는데 경찰이 개입되어 조직원이 불구속이지만 입건되었다. 그 소문이 인근 고등학교 아이들 사이에 널리 퍼져 이대로 가면 조직원 충원이 어렵고 조직원들의 사기에도 큰 지장이 있어 더 이상 방치할 수 없었다.

자신들의 세력 판도에 금이 갈 판이라서 이참에 재석과 민성, 그리고 기명과 현규까지 다 붙잡아 손을 보려 작정하고 오늘 이렇게 나타난 거였다.

다른 검정 승합차에서도 독기가 바짝 오른 쌍날파 조직원들 여럿이 내렸다. 재석은 바로 판단이 섰다. 뒤를 돌아보며 외쳤다.

"튀어!"

이번에는 맞서 싸우면 위험했다. 사내아이들은 바퀴벌레가 흩어지듯 사방으로 도망쳤다.

"거기 안 서!"

재석을 노리고 두 명의 폭력배가 달려왔다. 금팔찌와 포마드였다. 전에 당한 걸 복수하려는 것 같았다. 재석은 미친 듯이 달리며 길가에 세워 둔 자전거나 오토바이를 등 뒤로 쓰러뜨렸다. 하지만 금안여고 앞은 재석의 동네가 아니었다. 골목길이 어떻게 이어져 있는지 샅샅이 알 수 없었다. 빠져나가려던 빌라촌 골목 맞은편에서 차가 나오는 바람에 옆 골목으로 꺾었는데 막다른 골목이었다. 커다란 저택의 대문이 앞을 막고 서 있었다.

할 수 없이 재석은 일전을 불사하기 위해 돌아서서 헐떡대며 자신을 쫓아온 포마드와 금팔찌를 대면했다.

"왜 이러는 거야?"

"너 우리 형님이 좀 보잔다."

금팔찌는 거친 숨을 내쉬며 이를 악물고 말했다. 지구대까지 끌려가 단단히 열받은 듯했다.

재석은 금팔찌의 손에 잡혀 순순히 쌍날과 본거지로 끌려갈 수는 없었다.

"직접 와서 데려가라 그래."

"이 자식이!"

먼저 포마드가 달려들었다. 재석은 그의 선빵 주먹을 피하며 맞주먹을 날렸다. 둘 다 빗나갔는데 그 틈을 비집고 금팔찌가 재석의 팔을 잡은 다음 주먹을 휘둘렀다. 눈앞에서 불똥이 튀는 것 같았다. 하지만 그대로 맞고 있을 재석이 아니었다. 포마드의 귀를 물고 늘어졌다.

"아악, 이 자식이!"

순식간에 헤드락을 어설프게 걸어오는 금팔찌의 얼굴을 쥐어뜯었다. 싸움은 원래부터 개싸움이다. 이기기 위해 수단과 방법을 다 동원해야 한다. 폼나는 싸움은 영화에나 있는 거다.

재석이 주먹과 발을 풍차처럼 휘둘렀지만 금팔찌와 포마드는 덩치가 크고 제법 실전경험이 있는 조폭의 행동대원이었기에 재석을 제압하려 최선을 다했다. 그렇게 재석의 얼굴이 퉁퉁 붓고 피가 튈 정도로 격투가 이어졌다. 이제 더 이상 버틸 힘이 없을 때였다.

순찰차 소리가 사방에 울려 퍼졌다. 보담과 향금이 신고한 모양이었다.

"엇! 경찰이야!"

"이런!"

순간 재석은 라이트 훅을 휘둘러 금팔찌의 안면을 가격했다. 동시에 돌려차기가 포마드의 관자놀이에 적중했다. 둘이 휘청거리는 틈을 타 재석은 비틀거리며 막다른 골목을 빠져나왔다. 저만치에서 뛰어오는 경찰관에게 달려가며 말했다.

"학교 폭력을 사주하는 조직 폭력배들이에요. 빨리 잡아 주세요."

경찰관 네 명이 달려가서 금팔찌와 포마드를 체포했다. 그들은 경찰 앞에서는 정말 무력했다.

은지의 비밀이 드러나다

그로부터 석 달의 시간이 흘렀다. 재석은 국어 공부에만 쏠려 있던 공부 습관을 고쳐 여러 과목에 두루 시간을 배정했다. 올재석에서 보담을 주말에 만나 공부할 때면 염치불구하고 모르는 것을 적극적으로 물어보았다.

재석은 귀찮아하지 않고 일일이 대답해 주는 보담에게서 자극도 많이 받았다. 보담에게 걸맞은 남자친구가 되기 위해서는 뼈를 깎는 노력이 필요하다는 생각을 했다. 두 번이나 코피를 흘리기도 했다. 그때마다 다른 아이들이 노력할 동안 자신은 주먹질하고 다녔던 것을 떠올리면서 더욱 분발하는 계기로 삼았다.

향금과 민성 역시 자신의 꿈을 향해 지속적으로 노력을 이어 나갔다. 주변에서 열심히 하는 것을 보아서인지 까불까불한 두 아이도 끈기를 기르고 시간을 아껴 가며 차분하게 학력을 키웠다. 서로 힘들 때는 문자를 통해서 격려해 주기도 하고 자신이 알아낸 노하우를 전달해 주기도 했다.

기명 역시 더 이상 게으름을 피우지 않았다. 인내심도 부족하고 기초도 부실했지만 기명에게는 찬스가 있었고 그 찬스를 살릴 줄 알았다. 좋은 부모를 둔 혜택을 톡톡히 본 것이다. 인강을 듣고 학원을 아낌없이 다녔으며 그래도 부족한 과목은 과외 선생님에게 개인 집중 학습을 받았다. 성실한 대학생 형이 와서 야무지게 기명을 붙잡고 기초부터 탄탄하게 길러 주었다.

아빠인 자신의 처지를 확실히 각성한 기명은 집중력을 길러 가며 열심히 시간을 아껴 공부하였다.

인내는 쓰나 그 열매는 달다고 했다. 기말고사 성적표를 받아 든 재석과 친구들은 미소를 지었다. 대부분 성적이 향상되었다. 특히 재석은 성적이 제법 많이 올라 흐뭇했다. 성적은 정말 계단식으로 향상되는 것 같았다.

현규도 꾸준히 공부해 성적이 오른 것이 확인되었다. 물론 만족할 만한 수준은 아니었으나 더 노력할 기반은 마련되었다. 이를 바탕으로 재석은 이번 여름 방학에는 공부에 박차를 가하자고 결심했다.

마침내 짧지도 길지도 않은 여름 방학에 들어갔다. 재석은 민성과 향금, 그리고 보담과 가까운 을왕리 해수욕장을 당일 치기로 다녀왔다. 아이들은 그날 하루는 모든 것을 내려놓고 신나게 놀면서 스트레스를 풀었다.

방학이 끝나갈 무렵에는 좋은 소식도 들렸다. 최근 들어 은지와 기명의 관계가 다시 좋아졌다는 거다. 8월 15일 광복절에 떡집을 쉬고 온 가족이 제주도에도 갔다 왔다며 기명이 신나서 단톡방에 사진을 올려댔다.

재석은 은지가 뭔지 모르지만 긴 방황을 끝낸 것 같아 다행이라고 여겼다.

늦더위가 기승을 부리는 8월 하순, 학교가 개학했다. 개학 후 첫 주말인 31일 토요일, 새롭게 더 열심히 공부할 각오도 다질 겸 아이들은 울재석에 다 같이 모였다.

"너 그 소식 들었어?"

보담이 재석에게 물었다.

"뭐?"

"고청강 작가님 귀국하셨대. 새 책도 써 가지고 오셨대."

"정말이야?"

재석은 깜짝 놀랐다. 해외 거주 작가로 몰디브에 나가 있었던 고청강 작가가 어느새 새 책의 원고를 들고 귀국했다니 엄청나게 부러웠다.

"여기 내가 그 책 사인회에 가서 사 가지고 왔지. 너랑 같이 가려고 했는데 너 그때 집안일이 있어서 바빴잖아. 그래서 나 혼자 다녀왔어."

보담이 가방에서 고청강 작가의 신간을 꺼냈다. 제목은 《하버드의 살인벌레》였다.

"와우! 작가님 신박한 거 내셨네. 나도 같이 갔으면 좋았을 텐데…… 아쉽다."

재석은 온몸에 전율이 일었다.

"그러게. 다음에 꼭 같이 가자. 작가님이 이번에는 하버드의 공부벌레들 사이에서 벌어진 살인사건을 추적하는 추리소설을 쓰셨어."

재석은 첫 장을 펼쳤다. 놀랍게도 거기에는 자기 이름이 있었다.

황재석 군에게,
문학의 길은 멀고도 험하다.

216

그래서 우리는 문학을 한다.

쉬운 건 재미없으니까.

밑에는 멋진 고청강 작가의 사인이 있었다.

"선물로 내가 주는 거야. 이렇게 네 이름으로도 사인본을 한 권 받아 왔지."

재석은 감격했다. 이런 선물이 사람에게 큰 감동을 준다는 사실을 처음으로 알았다. 황급히 책을 펴서 읽기 시작했다. 옆에서 아이들이 수다를 떠는데도 고청강 작가의 책에 푹 빠져들었다.

그러다 이대로 읽다가는 아무것도 못할 것 같아 맛있는 음식을 앞에 두고 수저를 내려놓는 심정으로 책장을 덮었다. 그리고 그동안 친해진 사서 샘에게 문자를 보냈다.

> 사서 샘, 고청강 작가님 신간
> 꼭 새 학기 수서에 신청해 주세요.
> 너무 재미있어요.

사서 샘은 아이들에게 읽고 싶은 책이 있으면 문자로 알려 달라고 했다. 곧바로 사서 샘의 알겠다는 문자가 왔다. 사서 샘은 자기도 고청강 작가의 팬이라며 기뻐했다.

그럴 동안에도 기명은 아직 오지 않았다. 일찍 온 현규의 얼굴이 가장 밝았다. 조폭들의 손아귀에서 완전히 놓여났기 때문이었다.

"알고 보니 동네 양아치들이었는데 우리가 너무 무서워했어."

"맞아. 그런데 왜 피해 보는 서민들은 신고를 안 할까?"

보담이 고개를 꼬며 말했다.

"노래방이나 유흥업, 식당, 편의점, 피시방 등이 피해 대상인데 그 사람들은 힘이 없잖아. 양아치들이 지속적으로 영업 방해를 하는데도 경찰에 신고할 용기가 없고 지식도 없는 거지."

"동네 조폭인데 잡아 가두면 좋잖아? 그런데 법적 요건 다 적용해서 구속해야 한다고 시간만 끌고……."

"그래도 결국 수사해서 잘못이 있으면 잡아 가두잖아. 그러니 꼭 신고해야 해."

아이들은 이번에 확실히 알았다. 문제가 생기면 공권력의 힘을 스스럼없이 빌려야 한다는 사실을……. 한마디로 신고하라는 이야기였다.

한 달 전 기말고사 최종 결과가 나올 때까지 학교는 뒤숭숭했다. 재석이 쌍날파와 붙었다는 소문이 일대에 다 퍼졌기 때문이었다. 인대가 늘어나 병원에 가서 오른쪽 팔에 반깁스를 하고 다음 날 학교에 갔을 때 아이들은 재석에게 계속 물었다.

"야, 너 정말 조폭들하고 싸웠어?"

"아냐. 정당방위로 막기만 했을 뿐이야."

"어떻게 살아났어?"

"112에 신고했지. 너희들도 무슨 일이 생기면 112에 전화해. 경찰이 다 해결해 줘."

기명도 쌍날파와의 몸싸움에서 작은 찰과상을 입었다. 현규가 가장 큰 피해를 입어 손가락이 부러졌다. 쌍날파는 다섯 명이 체포되고 나머지는 도망갔지만 이내 다 소환되어 조사를 받았다.

학교에 와서도 현규는 두려움에 떨었다. 기명도 마찬가지였다. 조폭들과 본격적으로 붙었으니 이제 학교 다니는 게 두려웠다. 말은 안 하지만 모두 밤길이 걱정되었다. 보담과 향금, 은지도 염려를 했다.

"재석아, 너 정말 괜찮니? 조폭들이 밤에 또 습격하는 거 아냐?"

보담이 진심으로 걱정하며 물었다.

"괜찮아. 그 정도는 막아 낼 힘 있어."

깁스한 팔을 휘두르며 재석이 호기를 내보이자 보담은 어이가 없다는 표정을 지었다.

"공부해야 하는데 팔 다쳐서 어떡해?"

"금세 나을 거야. 왼손으로 책 넘기면 돼. 손가락은 쓸 수 있어서 필기하거나 공부하는 거 아무 문제 없어."

경찰들이 체포해 간 쌍날과 조폭들은 상습 폭행죄로 조사가 오래도록 이어졌다.

며칠 뒤 부라퀴에게서 연락이 왔다.

"재석이냐? 이번에 큰일 치렀다고? 한번 집으로 찾아와라."

"네, 할아버지. 걱정시켜 드려서 죄송합니다."

"그게 무슨 소리냐. 네가 더 힘들었지."

약속한 날 집으로 찾아가자 부라퀴는 재석에게 이것저것 물었다. 보담이는 학교 행사로 집에 없었다. 오히려 보담이 없으니 재석은 평소에 궁금했던 것들을 묻고 멘토링을 받을 수 있었다.

"그래, 요즘은 친구들과 공부 열심히 한다고?"

"네, 노력하고 있어요."

"잘했다. 학생의 본분은 공부니까. 좋은 소식이 있는데 말해 줄까?"

"네, 할아버지."

"너희들 과거 불량서클에 들어갔을 때도 쌍날파 때문에 고생이 많았다고?"

"네. 한번 발을 담그니까 빠져나오기가 힘들었어요."

사실 재석은 조폭의 집요함 때문에 은근히 불안했다. 유명 가수도 젊은 시절 조폭과 연루되어 가수 활동을 중단하기도 했다는데 이런저런 일들이 나중에 재석이 작가가 되거나 성인이 되어 사회에서 일할 때 발목을 잡을까 두렵기도 했다.

"결론부터 말하면 그놈들은 크게 걱정할 정도가 아니다."

"어, 어떻게요? 할아버지가 다 감옥에 보내실 수도 없잖아요."

"아니, 내가 어떻게 할 필요도 없어. 걔네들은 제대로 된 조폭이 아니고 동네에 있는, 너희들 말로 뭐라 그러냐?"

"네? 양아치요?"

"그래. 넝마주이들이야. 재건부대라고나 할까."

경찰 조사 결과 고등학생들이 무서워하던 쌍날파의 전모가 드러났다. 그들은 고작 식당에 가서 식당 주인을 괴롭혀 공짜로 밥을 먹거나 시비 걸며 귀찮게 해 용돈이나 뜯는 동네 폭력배였다. 영화에 흔히 나오는 잔돈을 뜯는 찌질한 양아치들에 불과했다.

"하지만 자기들이 홍대입구의 상권을 싹 다 장악하고 있다던데요?"

"재석아, 그거 허세다. 그런 거짓말에 넘어가냐? 이 세상에 진정한 힘은 어디에서 오는지 아니? 그건 실력에서 오는 거야. 그 실력을 갖추기 위해 우리가 공부를 하는 거지. 안 그래도 변 변호사가 나에게 전화를 해 왔다."

"변변요? 제가 아는 그 변변요?"

"그래. 일이 어떻게 진행되는지 알아보라고 했는데 변 변호사가 근무하는 로펌 대표가 내 대학 후배 아니겠니?"

"어, 그러세요. 몰랐어요."

"너희들이 사건에서 불이익을 당하지 않도록 잘 처리해 달라고 내가 말을 해 놓았다. 그랬더니 사건 경과를 설명해 주었는데, 그 일을 계기로 경찰서에서 집중적으로 동네 조폭을 단속했단다. 쌍날파니 무슨 파니 해서 동네 양아치들 싹 다 한 마흔 명을 구속했단다."

"그렇게나 많아요?"

재석은 부라퀴의 말을 들으니 마음이 놓였다. 동시에 동네에서 거들먹거리고 다니는 양아치들을 등에 업고 일진이랍시고 으스댄 과거의 자신이 부끄러웠다.

"그러니 걱정하지 말고 공부에 매진해라."

부라퀴의 집을 나오면서 재석은 생각했다.

동네 양아치들은 동네에서 반복적으로 무전취식이나 영업 방해, 폭행, 협박, 금품갈취 등을 하며 주민들의 생활을 위협한다. 서민들에게 주로 피해를 주기 때문에 더더욱 비겁하고 나쁜 자들이었다.

또 공부를 열심히 해서 성공한다고 해도 남은 전혀 신경 쓰지 않고 자기의 이익만을 추구한다면, 그것 역시 아무리 뛰어난 사람이라도 조폭과 다름이 없는 거였다.

"경찰이나 될까?"

울재석의 테이블에 놓인 간식을 지범거리며 현규가 한마디 하자 민성이 기다렸다는 듯 말했다.

"야! 경찰 되기가 얼마나 어려운지 알아? 이거 봐, 경찰 시험이 서울은 십삼 대 일이고 제주도는 삼십 대 일이 넘어!"

"와, 그렇게나 높아?"

"그러니까 그냥 되는 대로 공부해서는 될 수가 없는 거라구."

현규는 민성이 말하는 숫자를 듣자 기가 죽었다. 아이들은 이번 사건을 통해서 자신의 꿈을 찾아가는 것이 이 사회에 얼마나 건전한 기여를 하는지 깨달았다. 노력하지 않고 공부하지 않는다면 결국 눈앞의 작은 이익을 탐하고 쌍날파 같은 조직 폭력배가 될 뿐이라는 사실을 안 것이다.

그때 기명이 마치 로또라도 맞은 것 같은 환한 얼굴로 울재석의 문을 벌컥 열어젖히고 소리쳤다.

"대박이다아! 대바악!"

"뭐야?"

"무슨 일이야?"

아이들은 기명이 이렇게 환한 얼굴로 기뻐하는 것을 최근에는 본 적이 없어 서둘러 물었다.

"우리 은지가아!"

"왜 무슨 일이야?"

은지가 무슨 사고를 친 건가 싶었다. 하지만 기명의 얼굴은 그런 게 아니었다. 얼마나 기뻤는지 말을 느리게 하던 버릇도 사라졌다.

"우리 은지가 고졸 검정고시에 합격했대!"

울재석에 있던 아이들은 생각지도 못한 소식에 모두 크게 놀랐다.

"뭐? 언제?"

"그게 정말이야?"

"나한테 비밀로 하고 그동안 검정고시 학원에 다녔대. 이번에 시험 봤는데 합격한 거야. 이제 대학도 갈 수 있다구!"

알고 보니 은지는 복교가 안 되자 돌파구로 검정고시를 택했다. 자존심이 강해 이 사실을 기명에게는 비밀로 했다. 시부모는 기명이 학교 간 사이에 검정고시 학원을 다닐 수 있도록 며느리를 응원해 주었다. 전폭적인 지원 덕에 은지는 공부한 지 육 개월 만에 고교 검정고시에 합격해 버렸다. 대단한 성과였다.

성급한 향금이 은지에게 대뜸 전화를 걸었다.

"은지 이 기집애야! 대박! 너 검정고시 합격했다며?"

"응, 향금아. 그렇게 되었어."

"어쩜 그럴 수가 있어? 우리 다 놀랐잖아."

향금이 스피커폰으로 바꾸는 바람에 아이들은 다 함께 통화를 했다.

"힘들었어. 나는 학교도 졸업 못 하는 바보가 되어야 하나 싶었거든. 그래서 우리 하늘이 보기 부끄럽지 않은 엄마가 되려고 이를 악물었어."

은지는 평생 처음 독한 마음을 먹었다고 한다. 한번도 목표를 가지고 해본 적 없던 공부를 시작했고 성과를 낸 거였다.

"기명 오빠에게 비밀로 하겠다고 하니까 시부모님이 더 도와주셨어. 그러니까 정말 떨어지면 대역죄인이 되는 거잖아.

그래서 더 열심히 했어."

보담이 다정하게 스마트폰에 대고 물었다.

"은지야, 공부해 보니까 세상이 달라지지?"

"응, 정말이야. 이 세상에 공짜가 없다는 말을 알겠어. 이렇게 노력하면 안 되는 일이 없겠다는 생각도 들었어."

울재석의 아이들은 모두 애 키우면서 공부한 은지가 얼마나 노력했을지 짐작이 되었다.

"은지야, 이따 우리 파티를 할 거니까 하늘이 맡기고 울재석으로 와."

보담이 초대하자 은지는 밝은 목소리로 대답했다.

"응. 안 그래도 기명 오빠가 오라고 했어. 좀 있다 갈게."

그렇게 행복한 통화가 끝나자 기명이 쑥스러운 듯 스마트폰을 내밀었다.

"여기, 은지가 다닌 학원 홈페이지에 합격 수기도 실렸어어."

아이들은 각자 기명이 준 링크로 들어가 은지의 글을 읽었다.

저는 고교를 다니다 본의 아니게 아이를 임신해 결혼했습니다. 학교에서는 제적을 당했고요.

나중에 우리 아들에게 부끄러운 엄마가 된다는 게 너무나 가슴의 상처가 되었습니다. 아이를 기르며 어떻게든 공부를 해야겠다는 생각이 들었습니다. 친구들은 학교에 다니는데 나는 이렇게 가게에서 손님들을 상대해야 하는구나 생각하며 그때마다 위축감이 들고 부끄러움을 느껴야만 했습니다.

시부모님이 적극적으로 저의 학습을 도우셨습니다. 우연히 승리학원 포스터를 보고 시부모님과 상의 후 공부를 시작했습니다. 기초가 부족해 애를 먹었으나, 가족들의 관심과 도움으로 힘을 얻어 검정고시 과목을 하나하나 공부했습니다.

처음에는 힘들어서 왜 했나 후회하고, 울기도 했습니다. 설거지할 때도 책을 봤고, 아기 재우면서도 옆에 책을 놓고 읽으면서 공부했어요. 어려웠지만 조금씩 기초가 쌓이고 문제를 맞히면서 공부가 즐거워서 새벽에 남편이 잠든 시간에도 일어나 공부했습니다. 교재 위주로 공부하고, 부족한 과목은 인강을 들었어요. 부끄러운 엄마, 부끄러운 아내가 될 수 없다고 이를 악물고 도전했어요.

이제 저는 새로운 도전과제가 생겼어요. 대학은 부동산학과로 진학할 거고, 공인중개사 시험도 준비해서 제 인생 계획을 실현해 나갈 겁니다. 무엇보다 공부는 나에게 줄 수 있는 최고의 보약이고 선물이라는 걸 알게 되었습니다.

잘 쓰지 못한 글 읽어 주셔서 감사합니다.

모두들 충격에 휩싸였다.

"와, 이러면 은지가 올가을에 수능을 볼 수도 있네. 우리보다 먼저 대학에 가는 거잖아?"

"초고속 진학이야!"

아이들은 어안이 벙벙했다.

"애들아, 멘탈 잡아. 은지는 그만큼 자기 입장에서 최선을 다한 거야."

냉철한 보담이 차분하게 정리를 했다.

"우리는 우리 입장에서 최선을 다하면 되는 거야. 자자, 내가 가져온 카드가 효과가 있겠어."

보담이 가방에서 예쁘게 프린팅해서 코팅한 카드를 꺼내 아이들에게 한 장씩 나눠 주었다.

"이게 내가 만들어 온 선물이야."

"뭔데?"

"변변이 말해 준 프랭클린의 명언이야."

아이들은 모두 웃으며 열세 개의 명언이 적힌 예쁜 카드를 살펴보았다.

재석은 명언을 다 읽어 보고는 고개를 들어 아이들을 둘러보았다.

프랭클린 명언

1. 절제(Temperance)
배가 부를 정도로 먹지 마라. 정신을 잃을 만큼 마시지 마라. 조금
부족한 듯 생각될 때 의욕이 생긴다.

2. 침묵(Silence)
서로에게 유익하지 않은 말은 피하라. 또한 쓸데없는 말은 하지 마라.
침묵은 금일 때가 많은 법이다.

3. 질서(Order)
모든 물건은 제자리에 두어라. 모든 일은 시간에 맞추어서 하라.
허둥대면 실수를 저지르기 때문이다.

4. 결단(Resolution)
반드시 해야 하는 일은 실행에 옮겨라. 일단 결심한 것은 반드시
이행하라. 미루고 망설이면 시간낭비가 된다.

5. 절약(Frugality)
서로에게 유익하지 않은 일에 돈을 쓰지 마라. 즉 낭비하지 마라. 돈은
모아 두면 꼭 필요한 일에 적절히 쓸 수 있다.

6. 근면(Industry)
시간을 허비하지 마라. 항상 유익한 일을 하라. 불필요한 행동은
하지도 마라. 누군가에게 이로운 사람이 되어야 한다.

7. 성실, 진실(Sincerity)
다른 사람을 기만하지 마라. 악의 없이 공정하게 생각하라. 말과
행동을 일치시켜라. 그래야 누구에게도 떳떳하다.

8. 정의(Justice)
남에게 피해를 주지 말고, 정당한 대가를 치러라.

9. 중용(Moderation)
극단적으로 행동하지 마라. 상대가 나쁘게 행동하더라도 홧김에
후회할 일을 하지 마라. 한쪽으로 쏠리지 말고 중심을 지켜야 한다.

10. 청결(Cleanliness)
몸을 청결히 하고 옷매무새를 단정히 하며, 주변을 깨끗이 정돈하라.
그것이 나의 자존감을 올려 준다.

11. 평정(Tranquility)
사소한 일이나 흔히 일어날 수 있는 일, 혹은 불가피한 상황에도
평정심을 잃지 마라. 평정심이 올바른 판단을 하게 한다.

12. 순결(Chastity)
순결은 배우자를 위한 나의 배려다. 나를 지키고 상대를 지켜 주며
건전한 사랑의 상징이다. 심리적으로도 안정되는 절대적 미덕이다.

13. 겸손(Humility)
예수와 소크라테스의 겸손함을 본받아라.

"어느 게 가장 마음에 드는지 우리 각자 말해 보자. 나는 평정이 가장 중요한 것 같아. 뻑하면 주먹부터 나갔거든."

기명도 한마디했다.

"나는 근면이야아."

그렇게 아이들은 보담이 나눠 준 카드를 보며 자신의 각오를 다졌다.

"자, 이제 밥 먹으러 가자아! 은지가 자리 잡으면 연락하랬어어. 하늘이 맡기고 와서 자기가 한턱 쏜대에."

기명이 호기롭게 외쳤다.

"그 이탈리안 레스토랑 가자."

그러자 현규가 의젓하게 말했다.

"야, 여기 프랭클린이 말했잖아. 절약하라구!"

아이들은 모두 웃음을 터뜨렸다.

현규의 성장이 느껴졌다. 공부는 성장이고 발전이고 기쁨이면서 무엇보다 나에게 주는 최고의 선물이 맞았다.

<까칠한 재석이가 돌아왔다>를 먼저 읽었었다! 재미있게 읽었었는데 <까칠한 재석이가 성장했다>를 읽어보니 지금 나를 위해 쓴 책 같았다! 왜 공부해야 하는지, 어떻게 공부해야 하는지 고민인 나에게 도움을 주었다! 나도 공부 열심히 하고 있는데 재석이와 친구들처럼 노력해야 하는 게 지금 내가 할일인 것 같다! 공부하다 힘들면 다시 한번 읽어가면서 나를 다독여야 할 것 같다!

_김은서(아산초등학교 4학년)

까칠한 재석이 시리즈의 성장 이야기는 언제나 통쾌하다. 그리고 학교를 다니며 나 혹은 내 주변 친구들이 겪는 일들이라 나의 이야기 같기도 하다. 그래서 재밌다. 이번에 새로 나온 신간은 여름 방학에 꼭 필요했던 공부에 관한 이야기이다. 다양한 공부 방법, 계획 짜는 법, 동기 부여를 위한 마음가짐, 시간 활용 그리고 공부하면서 힘든 점 등 공부에 관한 모든 것이 내가 따라할 수 있을 정도로 자세히 나와 있다. 특히, 친구들이 서로의 공부 방법에 대한 생각을 주고받으며 함께 어려운 것을 해결해 나가는 모습이 너무 보기 좋았다. 다음 이야기에서는 재석이와 친구들이 어떤 어려움을 겪게 될지도 궁금하고, 친구들과 함께 어떻게 어려움을 이겨낼지도 궁금해서 너무너무 기다려진다.

_김민주(대송중학교 1학년)

이번 까칠한 재석의 내용은 아이들이 자신들의 꿈을 이루기 위해 공부를 어떻게 해야 하는지 알려주는 이야기다. 나는 이 책을 읽고 평소에 듣던 말을 많이 보았던 것 같다. 학원 선생님과 부모님께서 하시던 말들. 그리고 아이들이 자신들의 꿈을 이루기 위해 많은 것들을 시도하는 모습을 본받아야겠다고 생각했다. 주인공 재석이는 여자친구 축제에서 자신의 글을 발표했고, 재석의 단짝 친구 민성이는 촬영감독을 하기 위해 드론 촬영 시험도 보고, 나도 이 아이들의 모습을 보고 나의 꿈을 찾고 그 꿈을 위해 무얼 해야 하는지 생각하고 실천해 봐야겠다.

_범시후(송일중학교 2학년)

이 책을 읽고 나서 기분이 너무너무 좋았다. 뭔가 사막에서 오아시스를 찾았달까. 그만큼 볼 책이 없는 나에게 이 책은 너무나도 귀중한 책이었다. 일단 본론으로 들어가서 이 책이 이전 책들과 다른 점, 비슷한 점 그리고 인상 깊은 점을 얘기해보려 한다. 일단 다른 점, 주인공이 바뀌었다. 전에는 황재석군이 독점했다면 이제는 황재석군과 그의 친구들이 주인공이 된 것 같다. 서로서로 토론을 하고 알게 되는 것이 화목해 보인달까. 분명 몇 주 전 '소년들, 부자가 되다'에서는 경제가 주제가 되어 아이들이 토론한 것 같은데 이번에는 공부가 주제가 되어 그럼 다음은 무슨 주제일지 궁금해진다. 그다음 비슷한 점, 역시 재석이 시리즈에 빠질 수 없는 싸움신 그리고 디테일적인 음식묘사도 빠질 수 없는 백미이다. 오히려 전작보다 이 부분은 더욱더 자세히 표현된 것 같아 기분이 좋다. 마지막 인상 깊은 점, 나는 재석이가 성장한 것도 좋지만 개인적으로 기명이가 마음먹고 환골탈태한 것이 진정한 성장이라고 말하고 싶다. 내가 알던 기명이는 말을 능글능글하게 하는 싸움꾼이었는데 이렇게 변할 줄이야. 역시 고정욱 작가님 책은 믿고 본다.

_박준영(대신초등학교 6학년)

이 책은 여러 가지 공부법이 나와 있는 책이다. 그중 스톱워치 공부법과 복습 공부법이 기억에 남았다. 기명이라는 사람이 위에 있는 공부법을 사용하였기 때문이다. 그래서 이 공부법을 사용해서 공부를 해보고 싶었다. 이 책에 나오는 프랭클린이라는 분의 명언도 기억에 남는다. 이 책은 노력하면 할 수 있다는 교훈이 담겨 있는데, 1권~8권 책의 내용도 궁금해서 읽어보고 싶다.

_홍재형(대교초등학교 5학년)

나는 이 책에 나온 '프랭클린 명언' 중에서 결단이 마음에 들었다. 그 이유는 생각만 하는 것이 아닌 실행을 해야 한다고 생각하기 때문이다. 나는 결단력이 부족하다. 결단을 잘 해서 시간 낭비를 하지 않는 사람이 되고 싶다. 공부에 관심이 없던 학생이 공부하려고 마음 먹었을 때 어떻게 공부해야 할지 참 막막하다. 이 책에서 재석이가 정리한 공부법을 읽어보고, 재석이와 함께 성장해보자. 학생에게 성장은 공부하는 방법을 터득하는 것. 내가 왜 공부해야 하는지 알게 되면, 공부할 때는 공부에 집중하고 게임할 때는 게임에 집중할 수 있다. 하지만 습관이 될 때까지는 참고 견뎌야 한다. 재석이도 하는데 나도 가능하지 않을까. 주변에 함께 성장하는 친구가 있는 재석이가 부럽다. 한 글자, 한 줄, 한 장 천천히 채워가는 재석이를 응원한다.

_황신동(양지중학교 2학년)

재석이와 함께 공부하고 싶어졌어요. 공부 방법을 알고 싶다면 꼭 읽어 보세요. 역시 고정욱 작가님 책은 재미와 감동, 교훈까지 모두 들어 있어요. 친구들과 함께 읽어 보고 싶어요.
_김건희(교방초등학교 6학년)

개인적으로 놀라웠던 것은 다른 청소년 책에서는 나오지 않은 청소년 시기의 임신과 결혼이다. 적지 않은 충격을 받았다. 여태 수많은 책들을 읽으면서 보지 못한 내용이기 때문이다. 재석이와 기명이가 중학교 때 어떤 생활을 해왔는지 궁금하다. 불량서클에 얽히고 조폭, 학폭에 이르기까지 정말 궁금하다. 그리고 친구들이 다 같이 모여서 열심히 공부하고 서로 돕고 공부하는 법까지 공유하는 모습이 정말 부러웠다. 나도 저런 친구가 있으면 좋겠다고 생각했다.
_강예준(대구 동변중학교 1학년)

마노 (이혜영)
유엔 캐릭터(UNFPA)를 개발했고 순정만화 작가, 스토리 작가,
일러스트레이터로 다양하게 활동하고 있습니다.

까칠한 재석이가 성장했다

초판 1쇄 발행 2023년 8월 28일
초판 2쇄 발행 2024년 5월 10일

지은이 고정욱
그림 마노(이혜영)
펴낸이 이범상
펴낸곳 (주)비전비엔피 · 애플북스

기획 편집 차재호 김승희 김혜경 한윤지 박성아 신은정
디자인 김혜림 최원영 이민선
마케팅 이성호 이병준 문세희
전자책 김성화 김희정 안상희 김낙기
관리 이다정

주소 우)04034 서울시 마포구 잔다리로7길 12 (서교동)
전화 02)338-2411 | **팩스** 02)338-2413
홈페이지 www.visionbp.co.kr
인스타그램 www.instagram.com/visionbnp
포스트 post.naver.com/visioncorea
이메일 visioncorea@naver.com
원고투고 editor@visionbp.co.kr

등록번호 제313-2007-000012호

ISBN 979-11-92641-17-1 04810
        979-11-90147-92-7 (세트)

재성재쇄
24.4.24